目擊心靈現場

集體潛意識四大原型故事集（之4）

從文學藝術透視現代心靈

愛 人
擁抱我們多情的心

羅伯・強森 序（Robert A. Johnson）

Mark Robert Waldman 編

劉鐵虎／楊麗貞／馬俊國 譯

LOVER
EMBRACING OUR PASSIONATE HEARTS

Introduction by Robert A. Jobnson

JEREMY P. TARCHER/PUTNAM
A MEMBER OF PENGUIN PUTNAM INC.
NEW YORK

目 錄

總 序

劉鐵虎

這套叢書，主要談的是文學藝術與集體潛意識。它的理論基礎，是源於精神分析學派開山祖師——佛洛依德的高足榮格所提出的集體潛意識理論。佛洛依德及其學派思想，在近一個世紀以來，仍深深影響著精神科學領域，至今未有人能出其右。

編輯這套叢書的基本理念，是認為人類的行為與動機，皆由潛意識主導，進而表現於文學與藝術創作之中。而本系列的目的，是收集整理歷年來美國最具代表性的文學與藝術作品，具體顯現美國社會中集體潛意識最重要的的四種原型——陰影、治療者、尋找者、浪漫與愛的原型；簡言之，也就是集體潛意識裡無意中透露出來的陰暗面（陰影）、透過巫師或集體治療，分享治療的過程中治療者與被治療者的行為模式（治療者）、對心靈原鄉的嚮往（尋找者）、及多面向情愛的本質（愛人）。

人的潛意識是非常複雜的，我們一直視為理所當然的習慣與行為，其實是經過結構性的制約與社會集體氛圍的塑造；比如說，看到蚊子便伸手去打，並非簡單意識的反射，而是與早年的生活經驗有關；甚至人的習氣，也可能是累世累積而來的，打個比方，一個前世為王者的馬車夫，可能因為過去的習氣制約，讓他今生仍擁有身為王者的頤指氣使，這些都是有關集體潛意識的一種延伸。

太陽東昇西沈、月的陰晴圓缺、花開花落、潮汐變化與風雲雨露等大自然的現象，這些客觀世界的存在，都是我們累世以來集體潛意識構成的共同元素。也就是說，我們會傷春悲秋，並非我們此生、或片刻個人的生活經驗所學得，而是千百年來集體潛意識的制

約。以文學、藝術作為表達方式時，等於是在表現一個社會文化、地域國家的集體潛意識——或者，我們可以稱之為「文化」的構成基底。

　　本系列便是透過心理學的觀點對重點美國文學與藝術進行另類欣賞，讓讀者了解有別於東方文明集體潛意識的內涵與表達方式，同時也可以讓我們透過簡單的故事閱讀，細察蘊含於美國文化幽微的構成因素，這些故事可能是對愛情的表達方式、可能是對恐怖經驗的敘述、可能是對心靈、精神渴求的深層欲望，當然，也可能是一種期待被了解、被治癒的心情。而針對不同的情境，受制於不同的集體潛意識，所表現出來的反應也隨之不同。因此，透過對本系列書籍的閱讀，我們更能了解美國文化中的深層部分，也藉此與我們熟悉的東方心靈對話；在這個所謂地球村、全球化的時代，不同文明間對話衝撞的機會時時在增加，為了促進小自個人大致族群與國家之間的相處與溝通，避免彼此的猜忌、誤解，我們經由閱讀，去深入探討西方文明的最底層，開創出一個了解自己的更有效工具、更周延的觀點進而發展出可以融合東、西文化與價值的世界觀、人生觀。那麼，也許是這套優美的書在提供我們閱讀的樂趣之外另一個積極的意義。

關 於 本 系 列

我們這個世界充滿許多象徵的原型及強烈的符號，而這「原型」在反映我們人格的最底層——也就是藏在心靈深處的力量、微弱或者未被察覺的天賦。儘管這些內部能量大多是無意識的，卻型塑著人的行為、態度及信仰。透過文學和藝術來探索這些神祕的欲望，即可以掌握它們，增強對自身生命的認知。

象徵的原型這個論題是全球性的，在歷史上，每個文化裡都可以發現，只是在不同社會上它們反映不同的型態。例如：在亞洲描繪的情人，遠遠差於美國的情人浪漫、重情欲及理想化的形象。相反地，就陰暗面而言，歐洲人就能夠適切地承認陰影的存在，而美國人卻相對地忽略它。美國跟其它國家文化不同，在於美國人不喜歡直接探觸內心的黑暗，而是把他們投射在小說、電影或犯罪活動上。即使是描繪藝術家的陰暗面，在美國也常遭遇到敵視或輕蔑，尤其是主題觸犯到美國人的道德和宗教價值觀時。這類藝術家就很容易被指責為輕賤、不愛國破壞同胞的幻想及美夢。

在世界上各地文化當中，美國的精神研究者也是很獨特的；當美國的政治與宗教分離時，宗教成為美國人對於靈性追求的依托，也同時很自然地向其它傳統術士借用各種能治癒的精神能量。由於經濟和科學方面的發達，美國治療者很自然的，也從江湖郎中轉變成醫學智者。

藝術家、詩人及作家透過作品的表現，幫我們把這些象徵的原型具體顯現出來。例如：史蒂芬‧金（Stephen King）就是著名描繪陰影的名家，一如塞克斯頓（Sexton）、艾倫坡（Poe）及梅爾維爾（Melville）等大師。在惠特曼和佛斯特的詩作中；或在亞莉

斯‧渥克（Alice Walker）的短文裡；以及在馬丁‧路德‧金（Martin Luther King）的演講中，探索者的靈性追求都被生動地捕捉著。醫學名人安德魯‧威爾（Andrew Weil）的相貌，甚至已經變成美國治療者的象徵：他代表睿智、有愛心，並熱中致力於人們身心的整合。誰不會被歐‧亨利（O. Henry）的作品〈智者的禮物〉所感動呢？文中敘述著兩個情人犧牲自己最鍾愛的東西，互相去撫慰對方的心。

　　對於人類的靈魂，藝術特別使用繪本刻畫出一些技巧強烈的印象，我們選擇了一些當代獨特的美國畫作及攝影作品，做為本文的陪襯。從印象派的光點色調，到黑白照片的大膽對比，或立即性廣告媒介，及象徵形式的傾斜，這些影像都精確地暗示著我們內心之物——幻夢、神祕、喜怒無常、寧靜。這些描繪人類精神的作品可啓發我們一探生命泉源的豐富性。

　　希望這些故事和圖像能夠引導您向內心探索，當您目睹那一處令人驚奇的所在，更廣闊的意識到其實它就棲息在那兒。

　　集體潛意識驚奇之處，在於它一直都存在那裡，人類所有的傳奇跟歷史，包括沒有被剷除的妖魔和仁慈的聖人，所有的神祕和智慧，我們每個人都帶著它們——那好比是大宇宙中的小宇宙。探索這個世界遠比研究太陽系還具有挑戰性。而這個靈性的太空之旅不必然是輕鬆或安全的。

　　　　　　　　　　　　　　　　　　　——勤恩‧辛厄（June Singer）

　　集體潛意識是一種迷幻般的謎題，它超越了人的理性及理解力，以隱喻的形式顯現，來表示其某些意義或一種永遠無法被探知，這些遠非紙筆可以形容。

　　　　　　　　　　　　　　　　　　——賈可比‧喬蘭德（Jacobi Jolande）

人的自我心理只是膚淺的表象，那只不過是心理之海的一個漣漪而已。集體潛意識有一種決定性的力量。促使事物發生的是它們，而非我們的聰慧和智能……集體潛意識決定了人類的命運。

——卡爾·榮格（Carl G. Jung）

本系列編輯：馬克·羅伯·威德曼（Mark Robert Waldman）

本系列策畫：傑洛米·塔契（Jeremy P. Tarcher）

本系列製作人：菲利浦·鄧恩；曼紐拉·鄧恩·馬賽提；圖書
　　　　　　　研究室（Philip Dunn, Manuela Dunn Mascetti,
　　　　　　　Book Laboratory）

圖片搜集：茱莉·佛克斯（Julie Foakes）

設計：克斯頓·加尼歐（Kristen Garneau）

本系列其它書名：

第一冊—《陰影：探索黑暗的自我》；羅伯·布萊序（Robert Bly）

第二冊—《治療者：轉變我們內在與外在的傷口》；安德魯·威爾
　　　　　序（Anderew Weil）

第三冊—《尋找者：通往啓蒙的旅程》；珍·休斯頓序（Jean
　　　　　Houston）

浪 漫 與 愛 的 原 型

羅伯·強森

浪漫的愛情，在西方人心裡，是最強大的原型力量之一。而在美國，浪漫愛情大有可能成為主宰我們生活的單一能量系統，它與宗教分庭抗禮，成為我們尋求意義、完整性與狂喜的另一個主要競技場。現代娛樂世界的每個層面——我們的電影、小說、雜誌和媒體廣告，均深入探討這份渴望。在最佳的狀況下，浪漫愛情帶領我們，穿越西方心靈與物質主義。讓我們真實面對象徵性生活，打開我們的眼睛，觀察人類愛的真義；最糟的狀況下，浪漫愛情則會扭曲我們的生命，使之荒蕪。

　　在西方文化中，我們將理想定得很高，以致於我們相信浪漫愛情是婚姻與親密關係所依據的「愛」的唯一形式。其他文化，如印度文化與日本文化，也會向他們的伴侶孕育摯愛與奉獻，但他們不會如同美國人那般，向愛人提出不可能的要求與期望。一般美國人相信自己「墮入愛河」同時，便意謂著找到了生命的終極意義。我們感覺到完整——好似找到了自己失去的部分，我們突然感覺活了回來，而且完整。但是，當想像消退，我們變得焦慮、憤怒或沮喪，我們責備伴侶令我們失去狂愛，或者向新的人尋找浪漫。

　　在我們的內心底層，是無法辨認這種理想追逐所製造出來的深刻孤寂感，這限制了我們形成真愛並信守關係的能力。浪漫愛情暗示著我們擁有權利期待，我們的欲望可以也應當獲得滿足。但就其根本而言，浪漫愛情必然惡化成自我主義。因為它所訴說的多半是我們自己的想像、投射與期望，而非愛上另一個人。

　　這是我們心理上最大的傷，假如我們要治癒自己，便必須做困難的理解工作，這條通往意識的道路可以帶來關於我們自身的新意識，以及我們與他人的關係。

　　浪漫愛情，已充斥著我們集體的潛意識，永遠改變了我們的世界觀。作為一個社會群體，我們尚未學會處理浪漫愛情的巨大力量。然而若我們要找到長久的真愛，便必須誠實的面對這些我們投射至他人身上的理想。如此一來進入愛情原型地域的旅程，將迫使我們不但要審視浪漫愛情的美與潛力，也要審視我們留在內心的幻想。在自我發現的歷程中，我們必須大幅革新我們的態度與信念，讓更深層的人類真愛著床。

　　因為愛是原型。所以，愛有其自我的人格與特質，愛像神一般，表現得像是心理中獨存的個體，從內部行動，促使我們的視野跳脫自身，望向我們的人類伙伴──可待敬重與珍視的人，而非可待利用的人。愛，不是我的所做所為，它更近似於我之所以為我的東西，那是一種存在狀態，透過它，我與另一個活物聯繫起來，穿過我的愛，獨立於我的動機或欲望。

　　愛，比我所期望的任何東西都更偉大、深刻而有意義。因為愛的存在，並不依靠我或者我可能強加諸於其上的任何信念。人類的真愛超越浪漫愛情的幻想，但它已被我們的熱情混淆得如此厲害！以致於我們追求與人真正親暱時，幾乎不知要找尋些什麼。如果我們細看，我們可能開始感受到溫暖在不自覺的小動作間自動流向另一個人，我們敬重他人是一個完全的個體，並接受他們的不完美與錯誤。當我們真正愛上另一個人時，同時也愛上他們陰暗的一面。

　　人類的真愛使我們見到彼此內在的價值，催醒自我體會一種大於自我的力量，這種愛加持著我們，讓我們有能力互相敬重、彼此服務，而非彼此利用。如聖保羅所寫的，「愛不嫉妒，愛不自誇，不吹噓……真愛負荷一切，相信一切，希望一切，忍耐一切。」一個有智慧的友人稱這種愛為「攪燕麥粥」將愛帶到現實的謙遜動作，讓人自願分擔生活中簡單的、普通的工作，「攪燕麥粥」的意思是，處理預算、養育孩子以及照料每天工作壓力的相互關係。而

非窮極浪漫之能事。好似禪僧去稻殼、甘地轉輪、聖保羅製作帳棚一般，這個動作代表著——在謙遜與尋常中發現神聖。

　　真正的關聯性，在於我們共同所做的小事之間的經歷，在日常的陪伴以及黃昏時安靜的對話中，在困難的當下所說溫柔鼓勵的話語間。

　　這本書中的故事，深刻描繪現代愛情、我們的浪漫理想以及我們欲望不得滿足時所遭受的痛苦。但它們也暗示著我們，有潛力超越這些幻想並碰觸愛的更高層次。在這些故事中，你將見到我們如何從面前的男人或女人當中，尋找到更多的東西。我們向我們的愛投射出神聖而完美的形象，一種超越肉體吸引力、超越愛情崇拜的熱情，我們尋求的是「精神」。狂喜與絕望；相聚時的歡樂、分離時流下的眼淚，是緊隨著浪漫而來的「特殊性」。

　　但是，我們無法永遠流連在理想中的浪漫裡，終究我們必須前進，克服我們的文化教條。我們也無法藉由仿效外國人的態度而解決困難，我們必須處理自己的西方潛意識以及西方的傷口，在我們自己的西方靈魂中發現金創藥，屆時我們將發現——快樂的本質不在於被愛，而在於愛別人。

右圖：安德魯・藍，《無題》（Andrew Lane,Untitled.）

透過故事與藝術尋找愛

系列編輯：馬克・羅伯・威德曼

> 為什麼我們盡喜歡一些不可能的愛情故事呢？因為我們
> 渴望知覺到我們的內心是什麼在燃燒。
>
> ──丹尼斯・底・盧吉芒，《西方世界的愛》

我們夢想將理想愛人擁抱在臂彎中，縱使那是不可能實現的夢，而對大多數美國人而言，那是我們永無法由之清醒過來的夢，因為沒有任何一種原型比愛更有力量、更普及一切──更神秘。

自歷史之初，愛人已出現在所有偉大的文學與藝術中，然而那是從未完全進入意識的意象，如此，愛人以似乎非理性的方式影響我們，驅使我們墮入熱愛之床以及悲苦的離婚法庭。黛安・艾克曼寫道：「愛是最不可捉摸的，既狂熱又寧靜、既具爆炸性又十分緩和──愛掌握了極眾多的心情。

愛人在歷史上出現過許多形式：她曾同時是處女與誘惑者、女神兼妓女；他曾是強姦者兼騎士、永不滿足其色欲的熱情。愛人的形象裝飾了東方的偉大寺廟，但在西方，愛人的力量受到教會挑戰，因為俗世的享樂被視作令從事高層追求的靈魂分心的物事，這是美國人被投入的滾水鍋，撕扯於老舊的清教倫理與對浪漫的飢渴間，生存於性與愛交織得密不可分的文化中。

透過我們的文學藝術，透過電影和商業廣告，我們為世界其餘地方定調。在美國，我們已將原型愛人自歷史枷鎖釋放：她比其他文化孕育出的女人更肉感、更浪漫、理想而誘惑；他更依賴而黏人、較不雄勇、更柔軟。甚至在婚姻中，我們也比其他文化更要求

我們的伴侶，我們要求陪伴與友誼、同情與個人空間，我們還要求得到深深的了解。我們相信快樂可單只透過親暱的關係便找到，因爲我們是世上唯一將婚姻與浪漫愛等而視之的國家。

　　我們的理想是否太高？這個問題的答案見仁見智：有些人指向全國離婚率，數十年來，離婚率均高過百分之五十；有些人暗示我們只是尚未學會傾聽，或者有效溝通我們的需求。我們的書店充滿促銷夢幻浪漫、親暱與永恆愛情的自助性書籍，但我們的歌也充滿心碎，對於我們文化之外的其他人，我們似乎在極端理想主義與痛苦情緒之間擺盪，渴求豐富的關係，但又不敢勇於承諾。「聯繫之溝：美國人何以感覺如此孤獨？」作者羅拉・帕帕諾寫道：

> 我們是一堆矛盾的組合，渴望感覺根深蒂固，卻又發現
> 自己甘願隨波逐流。作為一個社會，我們面對了集體的
> 孤寂，一種不是來自缺乏人類互動的空虛感，而是來自
> 失去有意義的互動，無法成為某個真實的東西的一部
> 分，或者對可能將我們拉在一起的制度有信心。

　　其他學者相信我們熱情的追逐反映了原型愛的本質，榮格派心理分析家羅伯・姜森說：我們靈魂中有分深深的心理眞實反思，令我們覺知自己最佳狀態是什麼樣子，我們完整時是什麼樣子。「忠誠與承諾也是必須的，」姜森又說：「承諾的道德性是自這個渴求穩定、忠誠與耐久關係的深沈人類需求所生長出來的。」

　　美國式愛人原型也有其黑暗面：表現在兒童春宮、約會強姦以及情緒虐待上、表現在威脅及我們家庭安全的隨便的感情關係上，還有「致命吸引力」這種事：男女不斷超出親暱與信任的疆界。美國青少年特別容易受到將性感與愛結合的衣物和化妝品的無情行銷手法所傷害，形成愛人的陰影。可悲的是，我們的企業結構似乎會養大我們對美與年紀的執著，而他們製造的形象不斷將我們推向無盡的焦慮、促成飲食問題、成癮、壓抑、甚至死亡。青少年雜誌不

斷促銷女性主義者奮鬥數十年以解決的幻想：理想性高潮、理想婚姻、理想女人與男人等等的幻想。這樣的許諾無法為我們的青年築好基礎，以面對親密的人際關係所帶來的困難問題。浪漫與性感有可能打開通往愛的門，但維持親暱、解決衝突和保證家內自主所需要的技巧有待精誠堅忍方可習得，而這是年輕愛人絕少擁有的觀點。這本書中的童話故事〈頑固的夫妻〉幽默地反映了實際生活中許多夫妻所面對的兩難。

　　儘管可能情夢幻滅、痛苦難當，我們追尋浪漫與愛時依舊樂觀。我們結婚、離婚、再婚，從過去的錯誤不斷學習，這些愛的原型力量驅使我們往更深、更高的地方前進。

　　這以歐亨利的古典故事〈智者的禮物〉開始，這篇超越時間的諷喻，捕捉到了埋藏在美國靈魂中的愛情，講述兩個人犧牲他們珍愛的物品以撫平另一人的痛苦。在黛博拉・巴克瑟的〈彌留的童貞〉中，我們眼見一名年輕女子對理想性擁抱的夢想，而在推恩、根艾倫、米勒和基德訥的故事中，我們探索約會與浪漫的最初階段，結以威廉・山森描繪的無可避免的初吻，這些故事性的許諾，但主要的議題環繞著親暱、渴望與信任。

　　在美國文學中，愛的陰暗面往往幽默，這個陰暗在梭柏和羅傑的故事中有巧妙的處理，故事講述兩名丈夫深思他們婚姻的未來命運，一人選擇謀殺，另一人與別人的配偶回家。基爾派崔克和艾倫波同樣運用了較黑暗的主題。惠特曼的詩〈致一名公娼〉和傳統民謠〈法蘭姬與強尼〉亦以愛情中的較黑暗面迷惑我們，歐茨並將之帶入社會禁忌：男孩被他的老師所勾引。

　　對於失去愛的回憶可在戴維斯的〈襪子〉所描寫對離婚的回想以及烏瑪足的詩〈給孤枕而眠的女人〉中發現。在福雷則的佛洛伊德中的荒謬〈與媽媽約會〉，從我們過去青春期未遭破壞的夢想，到已找到愛的渴望，這些故事與詩幫助我們點亮我們心中的火。

智 者 的 禮 物

歐·亨利

美元八十七美分，全部就那麼多。六十美分，都是一美分一美分的。所有的零錢都是和雜貨店、茱販、賣肉的，殺價殺到滿臉通紅才存下來的，儘管如此，每次也只能存個一、兩個硬幣。蝶拉前前後後算了三遍，一美元八十七美分，而明天就是耶誕節。

這麼一丁點錢，顯然什麼事都不能做，她只能倒在小沙發上嚎啕大哭。蝶拉只能這麼做了，這樣的刺激讓她覺得人生皆苦，盡是啜泣。在吸鼻子與微笑當中，她是以吸鼻子為主。

當房子的女主人從第一階段逐漸地平息至第二階段，她看著這個家。有裝潢的公寓，週租八美元，下方有個信箱，但信件不會投入，「詹姆斯·狄靈漢·楊」的名牌，也不會有人的手指觸壓上面的按鍵。

狄靈漢，當其主人收入縮減成二十美元時，門牌上狄靈漢的字母也跟著模糊起來，它們好像正在認真的考慮，改變成一個謙遜而不好大喜功的 D 。但是只要狄靈漢先生回到家時，他就是「吉姆」，並會受到狄靈漢太太——也就是蝶拉——熱烈的擁抱，這一切的感覺都十分美好。

蝶拉哭完後，開始用粉底塗抹雙頰，她站在窗戶旁，呆呆地出神，看著一隻灰貓，在灰色的後院，走在灰色的圍籬上……明天就是耶誕節了，而她只有一美元八十七美分可以買禮物給吉姆。幾個月來她已經盡量攢下每一分錢，結果不過如此。一週二十美元，實在難有結餘，花費總比她計算的要多。總是這樣，只有一美元八十七美分買禮物給吉姆，她的吉姆。這些日子以來，許多快樂的時光

都是花在計畫為他買件好東西上面，精美、罕見而優質的禮物——只有少許東西能配得上被吉姆擁有的光榮。

樓房的窗戶間，或許你在週租八美元的公寓房子見過，一個非常清瘦的人，可藉由觀察他的反射影像，得到他與外貌相映的概念，蝶拉比較纖瘦，她已經掌握住這個技巧。

她突然從窗戶旁移到玻璃窗前，她的眼睛閃著亮光，但她的臉龐在二十秒內失去顏色，她迅速放下頭髮，讓髮絲直直地垂下。

狄靈漢夫婦擁有兩樣他們都引以為傲的東西。一是，吉姆的金錶，金錶得自於他的父親與祖父；一是，蝶拉的頭髮，如果席巴女王住在公寓，蝶拉會讓她的頭髮從窗外垂掛出去讓風吹乾，只為了讓女王殿下的珠寶與禮物失色；如果所羅門王所擁有的財寶，都堆積在地下室，吉姆每次經過時也將拿出他的手錶，只為了讓他嫉妒得拔鬍子。

現在，蝶拉美麗的頭髮垂落在四周，好似棕色瀑布般地流波閃亮，頭髮長達她的膝蓋，幾乎為她製作了一件天然的袍衣。她緊張而迅速地將頭髮挽起來，遲疑一會兒，僵直地站著，一兩滴淚珠灑在破舊的紅毯上。

她穿上那件棕色的舊夾克，戴上棕色的舊帽子，眼底泛著淚光，出門下樓走到街上。

她停下腳步的地方有張招牌，上面寫著：夫人，各種美髮製品。蝶拉爬上樓，回神過來，喘著氣。

「你願意買我的頭髮嗎？」蝶拉問。

「我買頭髮，」夫人說，「把帽子脫下來，讓我們看看它的樣子。」

棕色瀑布一泄而下。

「二十美元。」夫人說，老練地抬起一片髮絲。

「趕快給我。」蝶拉說。

唉，接下來的兩小時，忘掉這個比喻吧，她為吉姆的禮物一路掠奪商店。

終於她找到了，它儼然是為吉姆特別打造的！不為其他任何人。她已經翻遍了那些店，沒有一家商店擁有像這樣的東西。那是一條白金錶鍊，設計簡練，表現出它原有的質感，完全不需要裝飾，就如同所有好東西所應該擁有的品質。他的價值甚至可以抵得上金錶。她一見到它，便知道它是屬於吉姆的，它就像他，安靜而有價值──這個描述正適用於二者。他們拿了她二十一美元，她帶著八十七美分趕回家，吉姆的錶再加上這條錶鍊，他在任何公司都可以理直氣壯地、焦慮地看時間了。雖然這只錶很壯觀，吉姆偶而會看它，但，皮帶太舊了。

蝶拉回到家時，稍稍從陶醉中清醒，她取出髮捲，開始「修理」她為了大方施愛而慘遭蹂躪的頭髮，這可是天大的工作哩。

四十分鐘不到的時間，她的頭已經佈滿密密的小髮捲，讓她看起來像是逃學的小男生，良久，她用仔細且充滿批判的眼光緊盯著鏡中的影像。

「如果，吉姆在看我一眼之後不殺了我，他會說我看起來像是康妮島的和聲女郎，可是我還能怎麼做呢？喔！一元八十七分又能做些什麼呢？」她喃喃自語。

七點鐘，咖啡已經泡好，火爐和煎鍋也熱了，隨時都可以把肉排放進鍋裡煎。

吉姆從不遲到的，蝶拉將懷錶握在手中，坐在他習慣出入的門邊，桌子的角落。她聽見他的腳步聲響在樓梯的第一階，她臉色唰地發了陣白。蝶拉有著默禱的習慣，現在的她低語著：「主啊，求求您，讓他覺得我還是很漂亮！」

門開了，吉姆走進來，將門關上。他看起來有些瘦，非常嚴

肅。可憐的傢伙，他才廿二歲──卻即將負擔一個家庭！他需要一件新外套，他的手上也沒戴手套。

吉姆停在入門的地方，一動不動地好像獵犬聞到鵪鶉的味道似的。他的眼睛盯住蝶拉，是一種她無法理解的表情，這令她害怕起來。那不是憤怒，不是驚訝，也不是不贊同，或是恐懼，或者是她已經準備好接受的任何一種情緒。他只是用那怪異的表情盯住她。

蝶拉繞過桌子走向他。

「吉姆，親愛的，」她叫出聲，「別那樣看我，我把頭髮剪下來賣掉了，因為我沒辦法在耶誕節不給你一份禮物。頭髮會再長出來的──你不介意吧，對不對？我就是必須這麼做，我的頭髮長得快得不得了。說『耶誕快樂！』吉姆，我們要快樂起來，你知道嗎，我為你準備了又好又美的禮物！」

「妳把頭髮剪掉了？」吉姆費力地問，好像他費盡腦力還是搞不懂似的。

「剪下來賣了，」蝶拉說，「你還是一樣喜歡我嗎？不管怎麼樣，我沒了長髮還是我，不是嗎？」

吉姆好奇地環顧室內。「妳說妳頭髮不見了？」他以近乎白癡的語氣問。

「你不必找了，」蝶拉說，「頭髮賣掉了，我告訴你，賣掉了，沒有了。今天是耶誕夜耶，求你對我好一點，頭髮可是為你剪的。也許我頭上的頭髮有價，」她突然認真甜美起來，「可是沒人能計算得出我對你的愛。我把肉排放進鍋裡，好不好，吉姆？」

吉姆似乎很快從迷惘中甦醒過來，他抱住他的蝶拉。

讓我們往另一個方向，仔細看看某個無足輕重的東西十秒鐘。一週八美元，或是一年一百萬──有什麼分別呢？數學家也許給了你一個錯誤的答案，東方三位智者帶來珍貴的禮物，這個灰暗的肯定句，稍後會顯現它的真義。

　　吉姆從他外套口袋裡掏出一個小包包，丟在桌上。

　　「對，我一點也沒弄錯，蝶兒，」他說，「我不認爲剪個頭髮或者刮個臉，或者洗個頭會讓我少愛我的蝶兒一點點。妳把那包東西打開，就會明白，爲什麼妳會讓我差點昏倒了。」

　　蝶拉靈活的白手指揭開繩子與包裝紙，一陣狂喜湧出，啊！女人家快速變化的心情，轉換成了歇斯底里的淚水與嗚咽，迫使公寓主人立刻全力撫慰。

　　因爲，擺在眼前的是一大套髮梳──蝶拉在百老匯一座窗前崇拜了如此之久的一套梳子！美麗的髮梳，玳瑁的殼，珠寶鑲的邊。它們是昂貴的梳子，她曉得，雖然她不懷有一絲擁有的希望，但她的心卻極盡渴望。而現在，梳子是她的了，但是，裝飾這垂涎已久的裝飾品的長髮卻不見了。

　　她將梳子摟入胸懷。良久，終於能夠淚眼模糊地抬頭望向吉姆，微笑著說：「我頭髮長得好快，吉姆！」

　　然後蝶拉像隻小貓般地躍起，叫道：「喵，喵！」

　　吉姆尚未見到他那美麗的禮物，她熱切地伸出手將它放在他的掌心，貴金屬反射出的是她精神的光彩。

　　「那不是很帥嗎，吉姆？我搜遍了全城才找到的，你現在每天都可以看時間看個一百次。把錶給我，我要看它和錶在一起的樣子。」

　　吉姆只是倒在沙發上，將頭枕在手臂上，微笑起來。

　　「蝶兒，」他說，「我們把聖誕禮物收藏起來，保存一陣，它們太好了，現在先別用。因爲我賣了錶給妳買梳子，現在妳煎肉排吧。」

　　大家都知道，東方三賢是帶著禮物來到馬房送給聖嬰的智者，他們發明了送耶誕禮物的藝術，因爲智慧高，他們的禮物無疑的是智慧的禮物，萬一禮物重複了，可能還會有更換禮物的特權。而在

這裡，我已笨拙地說了兩個公寓傻孩子平淡的故事，他們不智地為彼此犧牲了他們擁有的最大寶藏。但在這裡，我要向今世智者進言，所有送禮的人們，就屬這兩人最具智慧啦。在送禮與收禮的人裡面，能像他們這樣擁有智慧的，不論走到哪裡，他們都是智者。

彌 留 的 童 貞

黛博拉‧巴克瑟

我廿八歲，猶為處子之身，是人們一連串的設想導致如此的結果。他們猜想我是未出櫃的女同性戀者，或者太挑剔，或者是我無法捨棄某種宗教信仰。「妳看起來、講起話來，就連動作都不像處女。」他們說。由於缺乏較佳的解釋，我被冠以假正經或者不幸的女人。如果，這些言語如此令人難以置信，我想說，請想想看我與這些人在一起生活有多麼地難。

我感覺古怪，是一種屬於動物園中的變異。我走到哪裡都覺得自己像是個騙子，完全不是女人。我和別的女人一樣有MC，但我感覺一點都不像她們，因為我正在失去成為女人經驗。

我不否認，對我的童貞依戀，如果童貞可以界定我，沒有了它，我是誰？我的動機將來自何處？而什麼將保護我不致變得跟所有人一樣？我努力告訴自己，童貞指的是心靈狀態而非身體。將我自己給了一個男人並不意謂著我輸給了一個嘲諷的世界，我的貞潔牌坊並不仰賴我兩腿之間的一片皮而高掛。

在大學裡，我認識的女孩因不耐煩而失貞，廿一歲時，保持童貞變成不健康、尷尬的事情──身為女性所不能負擔的屈辱。有些人不告訴男孩，萬一流了血，她們會說那是經血。我無法想像，幾年前，有些男孩們認為我還是處女真是嚇人。「我要肏你，」他們說，聽起來像是「我會把妳修理好。」但我不會為此沮喪。

我不相信我刻意避開性，我總在完全放棄自己的邊緣，我的思想情緒化，憑直覺行動，我被某人吸引時，不會保留情感，但只有

少數幾次我會願意開心地做愛，但每一次都因各自的理由而未發生，我很感恩在等待期間學到了這麼多——耐心、力量以及輕鬆地獨處。

你知道我的結論是什麼嗎？就是沒有具體的解釋！而更重要的，不必有這樣的解釋，「我如何來到這裡」對我而言，似乎不及「我在哪裡」來得重要。

重要的是——欲望。我欲望的圈圈逐日擴大，以致它不再容於我之內，它以同心圓的形式包圍了我。

欲望壓過一切，應當盡其可能地加以利用。那是字與字之間的白熱空白，我是未滿足的欲望，我那火熱的空白之上，感受著熱，卻不知火焰為何，我是夢想動感的靜止生命，我是不被允許揚聲的鈴鐺，我體內宛若枯井，那裡有著一份空。大部分的我對這個世界而言是死的，不論我是多麼努力地用慰藉的話語或自己勇敢的手使之復甦。

我厭倦了好像被塵封在墓裡，我想破土而出。

我為性生活祈禱，好像虔誠信徒為得到救贖般祈禱，我想要有人將我的肉體打開並加以探索，我想要成為一個男人歡愉的泉源，我想給他完美的感覺，我是自己唯一的快樂已經太久了。

我做不做春夢？偶爾。有個夢一再重覆，在夢裡我不能一眼見到整個身體，但我知道哪些部分是屬於我的身體，我知道它們是我的，我知道，比任何人都清楚，我的曲線、我的痣和疤、我的敏感帶。如果我現在閉上眼睛，可以見到那個男人的身體，瘦瘦的，皮膚滑順、淡淡的髮色，四肢敞開，好像大海一般在我身上游移，一張磚色的小口繞著一個乳頭開闔，暗色蜂蜜般的濕潤眼睛，沿著我的脊椎上下流覽，呼吸的感覺橫過我的腹部，引發我雙腿間的第一波濕潤。這個反應，我知道當我醒來時，毯子將痛楚地扭曲成一團被拋在一邊，感覺皮膚像是火熱的毯子，覺得自己幾乎被它悶死。

在這個夢中，有時我在上位，可以感覺到我的骨盆觸摩著男人的身體，我身體每個部分都專注地做著將他導引入我身體的工作。我試了又試，如此接近，但與我的命運一樣，牠被無法喝的水所包圍著，

感謝上帝給予我們自慰的能力。

　　我的手指完全知道如何在我的肌膚上動作——沒有恐懼沒有遲疑，我自慰時意識得到全身各處不同程度的熱，兩腿間最熱，它撞擊著我的肌膚時；我在雙唇間吸吮它時，冷空氣似乎熱起來。事後，我雙手顫抖得好像吸入咖啡因，我按壓我的手，手掌向下，在乳間低谷，我感覺心臟好像會從手中迸出來，我愛那種感覺——那讓我知道我是如此地鮮活。

　　雖然，我從未讓一個男人進入我的身體，但我經歷過多次性高潮，我認識一些女孩，我與她們談過，她們非但無法與她們的愛人達到高潮，也無法以自慰達到高潮。起初我感覺到震驚，後來才知道這有多普遍，然後我便感覺到幸運起來。我的第一次高潮嚇到了我，那年我十二歲，意想不到自己的觸覺會造成這樣的反應；我想我會傷害到自己，那是如此奇怪的感覺，如此可愛的感覺，我必須進一步探索，幾乎貪婪起來。後來，我技術越來越好，直到容易得荒謬，因為，之後總是很容易地到達那美妙的境地。

　　我不期望跟男人會那麼容易地達到高潮，我已經相信性是由喜愛界定，而非高潮來界定。我們有那種被懷抱的需求，這種需求到了學步期仍不會消失，反倒可能變得更強烈。

　　我喜歡當個女孩，我把自己的身體想像成充滿香氣與柔軟的肌膚，那是不完美的身體，但其能量與潛能依舊美麗。我喜愛從鏡中觀看自己的曲線，我喜愛感受它們，欣賞它們的巧奪天工，我喜愛我的臀部——突起的小山，也許它們像是標記祕密城市入口的聖石，我追蹤小腿肚的起伏，好像那是纖細的樹幹，而我對人體如此強壯卻又脆弱感到驚訝，我對我身體的敬畏，一如對大地的敬畏。我的關節突出，好像在肯定自己似的，我對自己知道得很清楚，也許比任何男人更清楚——手臂內側溫暖細柔的白皮膚；我的二頭肌堅硬平滑，好像蛇剛吞下最小的老鼠，一段身子漲得圓圓的；我大腿間敏感的皮膚；以及骨盆上藏在一條靜脈旁的痣，好像地圖上的一個點，標示了河旁

的城市。我盯視著鏡中的裸體，很想知道一個愛人初度的觸摸會是什麼樣的感覺，以及他會觸摸哪裡。

自慰令人快樂，但無法維持整個性生活，因為那缺乏重要的親暱感，自慰留給我的僅是儀式與技巧，我每次都瓦解在相同的牆壁旁，那變得令人厭煩而悲哀，幾乎不能滿足受人觸摸的需求，我渴望脫離身體安靜的獨白，進入皮膚、肌肉與骨頭的對話。

我注視男人時，心中會突然湧現熱情，湧現我想對他做的事：我想跟隨他手腕的靜脈，那藍得像是燭焰心；我想舔他頸子低陷的地方，好像那是碗底一般；我想在他眼中看到我的矜持死亡，儘管我滿溢浪漫想法。我可不天真，我知道那將不如理想，倒是有些血腥、痛苦、笨拙、潮濕與可怕，但那總是產生的方式，那是暴力的動作，畢竟，欲樂中帶著痛苦的威脅使引誘更加刺激。我想要痛苦，好讓我夠真實地知道自己還活著，不用懷疑已出現了轉變。

恐懼是無可否認的，我對男人身體擁有的是恐懼症般的渴望，但我必須相信表達欲望時一切都是重要的，包括恐懼在內。假如有關性的想法不是回憶便是欲望，那麼我便是十足的後者。

我深受男性身體吸引，我想注視他卸裝，看他碰觸自己，我想要他的狂野進入我！觸摸著他裸露的身體，感覺他的力量，他的汗流過我皮膚滑嫩的表面，終於流入我四肢凹處成池；我想像我們做愛的韻律好似泳者俐落的動作，想像著我自己身體的運動突然變年輕，結果我們變得好像兩個新身體；想像我們做愛的聲音，肢體潮濕的聲音。

我想將他像口深呼吸般留在我體內，我想在他的肩胛上以指尖為印，然後環繞他綠洲般的肚臍以吻為記；我想將他溜入我口中，宛若品嚐新酒，讓甜中帶苦的液體流下我喉嚨前，掃過我口中每個地方。

我將把我的嘴貼近他耳朵，好像我是個磨光的海螺，讓他聽見我體內歡迎他的海潮。我將停下來看著他，仔細端詳他的臉，我將在他

的凝視目光中穩定下來，將他底下太陽般的陰莖抓在我柔滑的白皙大腿間，爆出陽光！我將看住他時心裡想著，我使用了這個男人的身體，而且使用得很好。

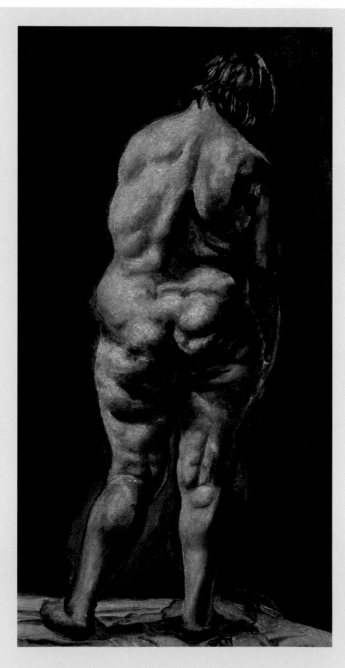

左圖：伊凡・阿布萊特
（Ivan Albright），《裸體》

這

安·曼布洛克（Ann Menebroker）

你起床
嚴肅地裸著身
蹣跚地走出我的視線
房子吞噬任何人離開溫暖被子的方式
是個謎
我在這裡
躺在我裸露的舊皮裡
想著我多麼愛看未著衣的人們
忙著做與愛有關的事
其他一切都破壞得如此厲害
房間、風景、世界
保持美麗的方法
是避開鏡子
只看那些真正回報愛情的人

亞當與夏娃的日記

馬克吐溫

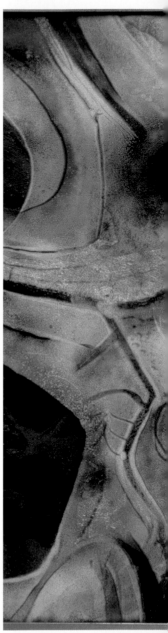

我覺得像是個實驗品；我覺得自己就是像個實驗品；不會有人比我更覺得自己像是個實驗品了，我越來越確信我就是———一個實驗品；只是一個實驗品，其他什麼也不是……

　　我到處跟著另一個「實驗品」。昨天下午，遠遠地，好想看清楚它是為何而來，如果我能夠的話。但是，我無法弄懂。我想，那是個男人，我從沒見過男人，但他看起來像是個男人，總之我有把握他就是男人。我意識到自己對他，比對任何其他爬蟲類好奇，如果他是爬蟲類，我就不會這麼有感覺了。他頭髮有些凌亂，雙眼湛藍，看起來就像隻爬蟲。他沒有臀部，身軀就像根胡蘿蔔一樣直直瘦瘦的；他站立時，敞開的雙手像是起重機，所以，我想他是隻爬蟲類，不過他也可能是某種建築作品。

　　起初我對他感到害怕，每次他一轉身，我就開始跑，因為我相信他會追我。漸漸的我發現他只是要走開，在那之後我便不再膽怯了。我改在他身後大約二十碼左右的距離一路追蹤，這令他緊張而不快樂。最後，他變得很擔心，結果他竟爬上了樹，我等了許久，最後終於放棄回家。

　　禮拜日——

　　他還在樹上面，顯然是在休息，我相信那是藉口，禮拜天不是

上圖：熱戀中的男女，就像亞當與夏娃，眼中只有對方。理查·馬洛斯·拉斐，《無題》。　右圖：（Richard Maris Loving,《無題》Wutitle.）

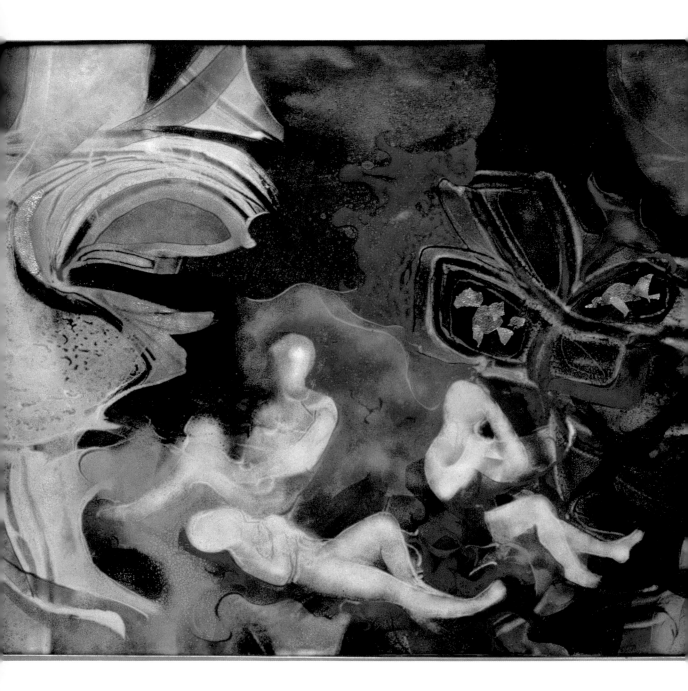

休息的日子；禮拜六才被定為安息日。這生物看來最喜歡休息，休息比任何事更能讓他感到興趣。要我休息這麼久會讓我覺得累，只是四處坐著或盯著樹看會讓我感到疲倦，我真想知道，他是被創造出來做什麼的？我從沒見到他做任何事⋯⋯

他品味滿低的，又不仁慈。我昨天晚上去看他時，已經從樹上爬下來，正企圖抓住池中遊玩的小花魚。我必須向他扔土塊，好讓他再度爬上樹，也讓魚兒恢復悠遊自在。我真想知道，這是否就是他被創造出來的目的？他一點愛心都沒有嗎？對小東西一點點慈悲心都沒有嗎？有沒有可能，他就是被設計與製造出來做這種不溫柔的工作？他看起來就是那樣子。他也會使用語言，這個發現令我興奮起來，因為這是我第一次聽到自己語言以外的話語，我不懂得那些話的意涵，但它們聽起來滿生動的。

我發現他會講話時，對他產生了另一番興趣，因為我愛講話；我整天都在講話，連睡夢中也講個不停，我對說話覺得非常有趣。但，如果可以有人和我對話，我會覺得加倍有趣，如果有人希望的話，我可以無止無休地講下去⋯⋯

再下一個禮拜日——

我一整週都尾隨著他，努力地想認識他。我必須負責說話，因為他滿害羞的，不過對此我不介意。他似乎滿喜歡有我在身邊，我經常使用富於社交色彩的「我們」，因為把他視為我們的一份子讓我有些受寵的感覺。

禮拜三——

我們現在確實相處得很好，而且越來越熟稔，他不再企圖避開我，這是好現象，表示他喜歡跟我在一起，這讓我很開心，我也想盡辦法在每件事情上幫助他，好讓他更尊敬我。過去一兩天，我擔起了所有指名道姓的工作，這讓他如釋重負，因為他這方面的天賦不夠。他顯然非常感激我這麼做，他記不得名字而我解救了他的面子，但是，我不會讓他意識到我曉得他的缺點。每當一有新生物靠過來，我便在他尷尬地說不出話之前叫出牠的名字。就這樣，我挽回了他許多

面子。

渡渡鳥來的時候，他以爲牠是隻野貓。我從他眼神裡看到他這麼以爲。但我救了他，而且我很小心，沒有傷到他的自尊。我只是自然地、開心地而稍作驚訝的提高音量，完全沒有傳遞訊息的意味，「哦，我說，假如沒有渡渡鳥呀！」我不著痕跡地解釋著，我怎知道牠是渡渡鳥，儘管他因爲我知道渡渡鳥他卻不知道而有些賭氣，但他確實對我相當欣賞。這種感覺令人舒服，當晚臨睡覺前我滿意地又回想了一遍這種感覺。當我們的付出努力得到讚賞，不管事情有多小，都會讓我們很快樂的！

亞當——

這個頭髮長長的新生物滿礙手礙腳的，它總在我附近晃，到處跟著我，我不喜歡這樣。我不習慣有人陪，希望它跟其他動物在一起⋯⋯

它幫我修葺擋風遮雨的地方，但它卻無法帶給我平靜，這個新生物闖了進來。我企圖將它留在外面，但是，它看東西的兩個洞卻流出水來，它用爪背抹去流出來的水，發出動物煩惱時會發出的噪音。真希望它不會講話！它一直講個不停；那種聲音聽起來，好像是我在對這可憐的東西做惡劣的攻擊。我在污衊它，但我不是故意的，我以前從沒聽過人的聲音，任何陌生的聲音闖入這裡的靜謐，都讓我的耳朵非常不舒服，這像是走了調，而這個新的聲音又是如此接近我，它就在我的肩旁，在我耳旁，一下這邊，一下那邊，我習慣聲音從比較遙遠的地方傳過來⋯⋯

我的生活沒有以前快樂了。

禮拜六——

今天早上好多霧，有霧的時候我通常是不會出去的，這個新生物卻會。它什麼天氣都出去，再滿腳泥濘重重地走進來，還不停地講話。以前這裡總是如此怡人而安靜⋯⋯

今天早上這個新生物向那棵禁樹砸石塊，企圖將蘋果打下來。

上圖：巴瑞·彼德森《H-F姿態＃10》（Batty Petwson H-F Gestmo＃10）。

禮拜四──

　　我第一次感覺到憂愁，昨天他避開我，似乎希望我不要跟他講話，我無法相信，到底那裡錯了呢？因為我喜歡跟他在一起，喜歡聽他講話，我什麼都沒做，他怎麼可能會不喜歡我？但，最後他似乎來眞的！我只好走開，獨自坐在我們被創造出來的那個早晨，我們初次相遇的地方。當時我不知他是什麼，對他也很冷淡；但現在，在這個地方我感覺哀淒，每件小東西都不斷訴說著他，我的心好酸。我不知道為什麼會這樣，那是一種全新的感覺；我沒有這種經驗，這一切是如此神秘，我想不通。

　　夜幕低垂，我忍受不了孤寂，來到他建造的新居所，我開口問他我到底做錯了什麼？該如何彌補？才能挽回他的歡心。但是，他將我留在雨中，這是我的第一次哀愁。

禮拜天──

　　現在，事情又好轉了，我又快樂起來了；但那些日子很沈重，我盡量不去回想。

　　我想辦法給他弄一些蘋果，但我學不會把石塊拋直，所以我失敗了，但我的好意讓他高興，因為蘋果是禁採的，他說我將遭到不幸……

禮拜一──

　　今天早上我告訴他我的名字，希望會引起他的興趣，但他不喜歡這個名字。滿奇怪的，如果他告訴我他的名字，我會很歡喜，他的名字在我耳中比任何聲音都好聽。

　　他很少講話，或許因為他不聰明，同時對自己的不聰明很敏感，希望能夠隱藏這件事。他有這樣的感覺眞是可惜，因為聰明算不了什麼，人的價值在於有沒有好心腸。但願我能讓他了解，愛心是最大的財富，而少了愛心，即使擁有再多的智慧也是貧窮。

亞當——

　　這個新生物說它的名字叫夏娃……它說它不是「它」，而是「她」。

禮拜二——

　　整個早上我都在做家事，我刻意跟他保持距離，希望他會感到寂寞而來找我，但他沒有。

　　中午我休息了一下下，跟蜜蜂、蝴蝶追來追去，在花間徜徉。那些美麗的生命，彷彿是從空中抓住了神的微笑，保留下來！我收集花朵，做成花圈與花環，把它們當衣服穿。一邊吃著午餐——當然是蘋果囉，然後，我坐在樹蔭下，期盼、等待，但他沒來。

　　但，沒關係，因為他不喜歡花朵，他說花是垃圾，他壓根分不出花的種類，並且認為這樣比較優越。他不喜歡我，他不喜歡花，他不喜歡黃昏時畫一般的天空——他除了建造棚屋將自己關進裡面避雨、捶甜瓜、嚐葡萄和撥弄樹上水果，看看這些物產的狀況外，究竟有沒有任何事物是他真正喜歡的呢？

亞當——

　　她又去爬那棵樹了。我扔石頭趕她下來。她說沒人在看，似乎認為冒險有理。我這麼說，「肯定……有理由」（justification），我想這個字令她欣賞不已，也讓她嫉妒。那是個好字。

禮拜二——

　　她告訴我，她是從我身體裡所取出的一根肋骨做出來的，這很可疑，簡直不可置信，我沒少過一根肋骨。

禮拜日——

　　她現在跟蛇混在一起了，其他動物很高興，因為她總是拿牠們做實驗，攪惱牠們，我也很高興，因為蛇會講話，這讓我可以得到休息。

禮拜五——

　　她說，蛇勸她嚐嚐那棵樹的果子，結果將會是一個偉大良好而

高貴的教育……我勸她離那顆樹遠一點，她說她不要，我預見麻煩要來了。

或許我應當記住她非常年輕，一個女孩而已，尚有容忍的空間。她對事物感到興趣、熱切、活潑，世界對她而言是符咒、是奇蹟、是謎、是喜悅。她見到一朵從未見過的花朵會歡喜得講不出話，她非得寵著它、撫著它、嗅著它還跟它講話，然後給它取一堆可愛的名字。她也對顏色瘋狂，棕石頭、黃沙、灰苔蘚、綠葉、藍天、黎明的珍珠色、山丘上的紫色陰影、漂浮在日落橙色大海中的金色島嶼、航過雲的蒼白月亮、閃爍在廣袤空中的星星珠寶……在我看來，它們沒有任何實際的價值，只因為它們擁有顏色而顯得莊嚴，這對她而言便夠了，足夠讓她整顆心都跑掉。如果她能沈靜下來，安靜個幾分鐘，那可是個奇蹟。那個時候，我就可以仔細地看看她，我真的確定我可以，因為我逐漸體會到她是相當悅目的生物——纖細、圓圓的、敏捷而優雅。有次她站在一塊大圓石上，猶如白色大理石，灑滿全身的陽光，她年輕的頭向後傾，用手遮著眼睛，觀看空中一隻飛過的鳥。我承認，她看起來確實美麗。

禮拜一——

中午，如果這個星球上有什麼可以讓她不感到興趣的，全不在我名單上。有些動物我毫無興趣，但她可不是這樣，她不懂分別，跟所有的動物說話，她認為牠們都是寶藏，每個新來的都受到她的歡迎。

當力大無窮的雷龍一步步踩進營地時，她如獲至寶，我則看成災難，這是我們看待事情總是意見相左的好例子。她把雷龍當成家畜，我卻想趕牠出去。她相信以慈善對待可以馴養牠，讓牠變成好寵物；我說二十英尺高、八十四英尺長的寵物在這個地方絕不合適，因為縱使牠一片好意、絲毫無意傷害人畜，牠還是可以一屁股坐在房子上並壓爛它，因為任何人都可從牠眼睛裡看出牠心

不在焉。

雖然如此，她還是決定擁有那隻怪獸。她以為我們可以先運用
牠來開個乳酪場，還要我幫牠擠奶，我當然不願意，這太危險
了，而且性別也不對，再加上我們根本沒有梯子。接著她又想
騎到牠身上看風景，牠尾巴有三、四十英尺！躺在地上時，就
像顆倒下來的樹，而她居然以為可以爬得上去。事實證明她錯
了，她爬到陡峭的地方時，因為太過滑溜，結果讓她一路溜下
來，要不是我的話，她一定受傷了。

她現在可滿意了吧？不，她不會滿意的，對於沒嘗試過的理論，
她是不會接受的。我承認，這種精神很正確，也滿吸引我的，我
可以感覺到那份力量。假如我跟她多相處一些時候，我想，我自
己也會變成她那付樣子。唉！關於這件烏龍事，她居然還有個理
論，她以為如果我們真的馴服了牠，會讓牠變得友善，可以讓
牠站在河裡，把牠當成橋。結果是，我們發現牠夠馴服的時候
——至少對她而言，她開始實驗起她的理論，但結果卻失敗
了。她每次把雷龍弄到適當的位置，然後上岸準備走過牠，牠
便起身跟著她走，好像一座寵物山似的，這隻雷龍就像其他動
物一樣，牠們都是那樣。

禮拜五——禮拜二——禮拜三——禮拜四，還有今天——

完全見不到他的影子，我一個人過了好久；不過，一個人獨
處，還是比不受歡迎的感覺來得好。

我需要有人作伴，我想我天性如此。所以，我和動物作朋友。
牠們真是迷人，牠們性情和善極了，而且頂有禮貌。牠們從不、從
不讓你覺得是你闖進了牠們的世界；牠們對你微笑、搖尾巴，如果
牠們有尾巴的話，牠們也隨時準備照著你的提議去郊遊或做任何事
情。我認為牠們是完美的紳士，這些日子我們一直很開心，我從不
寂寞……

鳥和動物彼此都很友善，什麼事都不爭執。牠們都講話，也都

上圖：馬格麗特・寇克所繪，馬特曼
《草與葉》插圖。

和我講話，但那一定是外國話，因為牠們說的話我一個字也聽不懂。但是只要我有所回應時，牠們往往了解我，尤其是狗和大象。這令我羞愧，這表示牠們比我聰明、比我優越，這令我煩惱，因為我自己想要當最主要的實驗品——而我也準備朝這個方向做。

墮落之後

當我回首，伊甸園對我已然是一場夢，園子非常美麗！美得脫俗、美得迷人，現在我卻失去了它，再也見不到了。

伊甸園失去了，但我找到他，這就滿足了。他盡可能地愛我，我也將我的熱情發揮到極致去回報他的愛，我認為這很適合我的青春與性別。如果我問自己為什麼會愛上他？我發現，我不知道！也不在乎非知道不可，所以我想這種愛不是推理與統計，這就好像有人會愛上其他的爬蟲和動物一般。我想，一定是這個樣子。我因為鳥會唱歌而愛上牠們，但我並不因為亞當會唱歌而愛他。不！不是這樣的，他越唱，我越無法忍受，可是我還是希望他唱歌，因為我期待他學習喜歡上讓他感到興趣的一切事物。我有把握我能學得會，因為起初他開始唱歌，我會覺得受不了，但現在我能夠接受了，即使這會使得牛奶變酸，但無所謂，我能適應酸牛奶。

我愛他不是因為他聰明。不，不是這樣。不能因為他的聰明怪罪於他，不過他可真聰明！但他的聰明不是他自己造成的，是神所創造的。不過，這樣也就夠了。這件事隱藏著智慧，時候到了聰明就會展現出來，不過聰明是不會突然生出來的，但這沒什麼好著急的，他這樣子已經夠好了。

我愛他不是因為他表現得優雅、體貼與細緻。不，他在這些方面有缺陷，但他這樣就夠了，更何況他還在改進中。

我愛他不是因為他勤勉。不，不是這樣！我認為他有這種個性，但我不知道他為什麼在我面前隱藏起來，那是我唯一的痛苦。其他方面他對我都坦白而開放，現在……

那我到底為什麼愛他呢？只因為他是男人吧，我想。

　　他，是個好人，我爲此愛他，但是若他不好，我還是愛他。假如他打我、虐待我，我應該還是會愛他，我知道會是這樣的，我想那是性的事情吧。

　　他強壯又英俊，我爲此愛他；我欣賞他，以他爲傲，但沒有了這些特質我還是愛他。如果他很平凡，我一樣愛他；如果他垮了，我一樣愛他；我會爲他工作，當他的奴隸並爲他祈禱，一直到死都會在他的床邊守護。

　　是的，我想我愛他只是因爲他是我的，是我的男人。沒有其他理由，愛就這樣來了——沒有人知道它從哪裡來——無法解釋，也不必解釋。

　　這是我的想法，但是我只是個女孩，第一個檢驗了這件事的女孩；而我有可能基於無知、缺乏經驗而沒把它弄對。

四十年後

　　經過這許多年，我終於知道我一開始就把夏娃給想錯了，與她住在伊甸園外面比一個人住在伊甸園裡面要好。一開始我認爲她的話太多，但現在我很難過那個聲音安靜了下來，走過了我的生命……「她」教導我知道她的良善，還有她精神上的甜美！

　　這是我的祈禱，這是我的渴望，但願我們能共度一生——永遠不會從大地消亡的渴望，將在每個妻子心中保留地位，直到時間結束；這個祈禱以我爲名。

　　如果我們有一個必須先走，我祈禱那個人是我；因爲他強壯，我虛弱，我對他比不上他對我那麼重要。生命裡少了他就不是生命；我怎麼能忍受？這個祈禱是不死的，只要我的種族繼續繁衍，便不會終止。我是第一夫人；而末代夫人仍將誦此禱文。

夏娃墳旁

　　亞當——她在哪裡，伊甸園便在哪裡。

左圖：女人被比譬成狐狸
　　　精，意味她不但性
　　　感，而且精明。銀
　　　幕上常不乏此類明
　　　星。

狐 狸 精 — 夏 娃

寶拉・甘恩・亞蘭

狐狸精夏娃扭著屁股，妖妖嬈嬈
晃到健碩的亞當身旁。
亞當百般無聊，腳趾打轉，
苦思為野獸換新名字　因為無聊。
夏娃可不，
她知道扭著屁股的快樂，
和雙唇沾上蜂蜜的滋味。
她就像蛇一般狡猾，
狐狸精的技倆她都懂，
排遣解憂不是問題。
來，咬一口，健碩的男人！
她彎下腰，雙乳像枝頭垂下的蜜桃
成熟多汁。
她盯著瞠目的亞當說，
待會兒你就懂得某些事了。
她愛慕亞當那肌肉發達、汗光璘璘的手臂，
這強壯男人是我的，
當他朝那金色蘋果大咬一口，

夏娃心裡暗自歡喜，
趕緊迎上他的唇。
瞬間，一切改變了！
夏娃感覺到的，亞當全明白了，
一切他們想了解的，全都知道了。
他發現了　夏娃雙乳的完美曲線
美妙的半月形小腹，還有
神祕撩人的女陰，
那長在跨間的花園，
他將像蜜蜂般，飛入
那朵小玫瑰。
而她從那手臂中發現了，
強壯中的溫柔，
他的懷抱似大海。
她愛慕他那垂在她臉上的黑髮。
就這樣，兩人搭著好奇的欲流，
再咬一口，咀嚼…再咬一口……

約 會

布蘭達・米勒

當我裸身回到石造的玄關，
並沒有人來看我的　閃爍的胴體。

—琳達・葛雷格（Linda Gregg）

我喜歡的那個男人今晚要來吃晚飯。我輾轉難眠，黎明即起，呆在那裡不知所措，疑惑自己身處何地。我看著自己裸身斜躺在床上。靜止的胸部、雪白的小腹，我懷疑這個男人是否會碰我。

我起身煮咖啡。在等待水煮開的當兒，散漫地瀏覽著冰箱上用磁鐵夾住的照片、詩及格言。已經很久沒有看這些東西了，每回總是閃過眼神，伸手去開冰箱的門。今天早上，卻仔細地瞧上面有些什麼，彷彿陌生人般第一次正眼去看它們，想著那個男人看到它們，會對它們有何感想，連帶地，對我又會有何觀感？

他會看到我三個姪女、姪子及乾兒子的照片；他會看到我的六個女性朋友到聖拉斐爾大峽谷遠足，張開腿站在岩壁間、臂肌健壯的照片。

他會看到占星家對摩羯座的預言；還有理查坎培爾說的：「要成為英雄，必先做好準備。」還有魯米的格言：「我們喜愛的美麗事物，就是我們該做的。愛這塊土地的方式有千百種。」他將會看到我和朋友凱西在聖胡璜島泛舟；如果他的視線朝順時鐘方向移

左圖：1932年米高梅愛情片女星葛麗泰・嘉寶盛裝赴會的模樣。

動，也會看到我站在聖文森米雷的一處地產上，手臂搭在藝術家朋友的肩上，臉上帶笑容，一付很快樂的模樣。

冰箱門上這個人是誰？每天早上當沖咖啡、倒果汁、泡五穀麥片時，我總會對它們掃視一遍，那是自己的點滴回憶，但由於太熟悉，它們反而變得無甚新奇。這些東西根本是秀給別人看的。當客人來到家裡，走到廚房，它們就會透露我是個什麼樣的人，包括我的嗜好、性情、親朋好友，那個來到我家的人通通會看到。想到這裡，突然有股衝動想拿掉我不喜歡的，重新貼上新的，以便迎合這個男人的喜好，但我壓抑住。

我怎會知道他喜歡我是什麼樣的人呢？而且，一個成熟的女人怎可做出這種愚蠢又卑賤的舉動？於是我動也沒動那冰箱門，讓它們按照原來的樣子。我啜著咖啡，望著窗外。今天是星期五，榆樹光禿一片，白雪覆蓋下露出枯萎的草皮。明天是情人節，但我避免去想它。把念頭轉向秋天時種的藍色鬱金香，想像它的花苞仍悶在陰暗的地下，嫩芽正努力穿越土壤……但我的心裡隱隱擔憂著。

我已經三十八歲了，過去三年來幾乎是一個人過日子，和最後一個男友分手後，便沒有再認識別人。而他在加州結婚了。有時候我喜歡單獨的感覺，尤其是在臥室裡享受柔和的威尼斯式燈光，躺在床上用一只薰衣草小枕頭蓋住眼睛，像某些老女人那樣，我想自己確實逐漸老了，躺在那種詳和、孤寂卻沈靜的氣氛裡，感覺不糟，想著，或許我就這樣一輩子沒有伴侶。

孤單有時也會讓我發狂，我一步也踏不出臥室房門，只是站在那裡，全身痲痺，皮膚下如萬蟲鼠動般惶恐不安。我努力地深呼吸，回想冰箱門上的照片裡微笑的自己。但，那個人似乎是虛偽的、表面的，那是不斷重演的一場謊言。我為過去每一次過眼雲煙的戀情掩面痛哭，感覺它們像是某種使人傷心的詭計。彷彿意識裡的孤寂才是真實的，而那些短暫的幸福與愛情根本是夢幻泡影。

在這種時刻，我恨不得自己已經結婚，有所依靠，以便消化自己似乎不存在這個世界的疏離感。我的父母家裡有一整面牆，貼滿著家人的照片，而且有系統地按族譜分類：我哥哥和嫂嫂、兩個小孩的照片並排在我父母的一邊；我弟弟和弟媳、兩個小孩排在另一邊。我和男友凱斯同居五年期間，父母堅持也要貼上我們的合照。在那一張照片裡，我穿著一件綠色汗衫，掛著彩色珠子；凱斯穿著牛仔褲和休閒襯衫，兩個人環手相擁。

凱斯跟我分手後，那張照片還留在牆上一年多，直到我去探望父母，才要求他們撕下來。現在那個位置貼著我的個人照，在家族熱鬧的家庭照片中顯得分外孤單，每次碰到八歲的姪子，他就會問我：「姑姑，爲什麼妳不結婚？」然後用那兩顆充滿疑惑的眼珠子盯著我。

由於那個男人要來，所以我搬出所有的食譜，像面臨慎重的大事般，精心挑選要準備的菜餚。我要那種細膩口味、不摻大蒜的，這樣，萬一我們親吻的話，才不會煞風景。當然，我不確定我跟他會不會親嘴，只是以防萬一。我還想到保險套，臉紅之餘，也不知道他會不會帶在身上。那東西不曉得擺在貨架上的那個地方，價錢如何。我也懷想，當那個男人的手摸我的肩膀和髮絲時，會有多重。瑪麗蓮‧羅賓森在她的《持家》中寫道：「需要可以化做所有的體諒……希望男人撫慰自己的髮絲，想要的不過就是那種感覺，無論會有什麼失落感，渴望仍是不爭的事實。」

我相信她的形容，我確實渴望那隻手。我閉上眼，想像那個男人的手觸摸我的唇。哦！是的，我感覺到了，我的呼吸在喉間騷動，彷彿他的姆指真的在撫慰我的臉頰。我的身體許久未曾產生欲望，幾乎忘了性的滋味。此刻，鼠蹊部竟熱癢起來，我真的渴望。

欲望產生更多幻想、更多的欲望，那不是他能滿足的，畢竟這欲望是由我自己所發生。

這次晚餐是我跟他的第三次約會。根據經驗，男女第三次約會，不是蜜糖就是毒藥。我有一個朋友在過去五年來，從未能「突破第三次約會」。有一個星期五的晚上十點半，她打電話向我訴說她的「第三次約會症候群」。她說她去完化妝間，回到餐桌後，對方告訴她：「我們還是做普通朋友就好，」「妳很好，我很喜歡跟妳在一起，但是我很忙…要維持關係很困難…我會離開好一陣子……」我的朋友說：「我希望他們直接說，我不喜歡妳就好，別找一大堆爛藉口。」

掛完電話後，我回到臥室，盯著空蕩的大床，一旁堆著好多書，而不是一個男人，這使我完全可以體會她的淒涼。我盯著魚缸裡的鬥魚，牠叫貝提，正對著我揮舞鰓鰭，躁動不安地繞著圈圈，發出虹光的魚體不時地前後抽搐浮動。我朋友康妮說，那表示這隻雄魚在向我示愛，希望我跟牠交配。我能回答什麼，只能把它當做一種恭維！

最後我還是決定造假。我更換了冰箱、壁爐、及備忘板上所有的照片和小字條。故意放著一些漂亮愉快、凸顯修長大腿、皮膚細嫩的照片。懷想著我和這個男人，以及他兩個女兒的合照，有朝一日將掛在我父母的牆上。昨天我去做頭髮時，把這次的約會告訴髮型設計師湯尼，他一向是我的髮型顧問，他做了一個滿意的造型後問我：「這樣可以嗎？」我說：「很好。」他用一只小刷子掃掉我肩上的髮屑，「別擔心，酷一點就對了。」我盯著鏡中的自己，常常愈看愈沒信心，覺得臉太腫，嘴唇太慘白，而且有點歪。這樣的嘴唇怎麼跟男人親吻呢？走出美容院，坐進車內後，又迫不及待地拉下後視鏡，審視自己的模樣，摸著自己的髮絲和嘴唇。

　　兩個小時後，他就要來了。我已經把雞肉浸在滷汁裡，房子也打掃乾淨。如果現在去沖完澡，換好衣服，還有一個半小時的時間，我會坐在客廳緊張不安，要不喃喃自語，要不和貝提說話。牠的水我當然也換過了。「要乖一點哦！」我叮嚀鬥魚。牠在六角形魚缸裡來回游著。

　　英文的「約會」這個字，同時也是「棗子」的意思。我想起有一年夏天，和家人在市郊的棗子園兜風，大伙兒熱的要命，後來我們在一家帆布招牌上畫著巨大棗子的商店停下來。媽媽弄來棗子，拿給我們吃，這種黏黏甜甜的黑色水果據說非常珍貴，是神的食物，它的滋味無比甜美。

　　他遲到了。我坐在床沿發呆，不願意站在窗邊以免被他看見我在等待。胃有點酸疼，聞著爐子上燉得過久的雞肉所散發的香味，也沒什麼食慾。雙手在冒汗。我躺下去，也不在乎弄亂髮型，不在乎弄皺特地挑選的綠色套裝。我盯著書桌上我的日文名字，環顧房內四周，從土耳其帶回來的紀念物、懷特貝島的貝殼、葡萄牙的燭台，還有柔和的威尼斯式燈光，那適合午睡和作愛的光線。如果可以選擇的話，我寧可在此刻睡個午覺，保持那種甜蜜的等待，何況薰衣草的小枕就在旁邊。我開始想，我的房子這麼小，怎容得下一個男人去坐在廚房的椅子上用晚餐，去看我冰箱門上的東西？

　　床頭的枕邊書是一本日本情婦的故事。她生在十世紀，一生都在等待中度過。在等待男人時，她也是這麼仔細地看著房內的物品，判斷那一樣她喜歡，那一樣不喜歡。我拾起它來看，其中有一頁寫道：「一個女人如果獨居，她的屋子應該極為髒亂，牆上的泥塊會掉下來；如果有水池的話，必定長滿蔓草。花園裡也不該有山艾樹；地上遍處是雜草，這樣才有被遺棄

的樣子。」

　　我閤上書，看看自己的屋子。它們又乾淨又新穎。此刻雖然我只想獨處，讓自己處於平靜的狀態。但如果這個男人爽約的話，我知道它很快就會如書中所述的，成為一處荒廢的庭園。電鈴響了，使我從床上驚坐起來。我清清喉嚨，鎮定一下。有一刻我突然想，不要去應門。如果這樣的話，他會怎麼想？或許他會以為我瘋了，死了？去報警，說有個女的在這房子獨居，他擔心我出事了，或者只是離去，找間酒吧，喝幾瓶啤酒忘了我。這些奇想使我覺得有趣、解脫。當然，最後我還是起身，用手梳理一下頭髮，整理儀容，全心全意去迎接這個我喜歡的男人。

右圖：戀愛的神奇魅力是廣告永不衰竭的最佳題材。

沈睡的女孩

蓋瑞·吉爾登

我爸爸年輕時住在密西根北部的一個小鎮，他在鎮上有一位在餐廳工作的義大利朋友，叫做菲爾。菲爾在餐廳裡的工作很平常——早上泡咖啡，晚上打烊後掃地。不過菲爾不尋常的地方是，他彈的鋼琴。週末晚上，我爸和菲爾還有他們的女友們都會開十到十五里路的車到一個湖邊的小旅舍，在那裡喝啤酒、跳舞，菲爾還會彈一架老舊不堪的鋼琴。我爸說，不論你點什麼歌他都會彈，不過大家真正期待的是他所創作的那首，而菲爾總是留到最後大家要回到鎮上時才彈這首曲子。我們大家都知道，這首歌是為了那位漂亮又富有的女孩寫的。這個女孩的爸爸是鎮上的銀行家，是一個頑固的老德國人，他不喜歡菲爾跟他的女兒在一起。

我爸在講這個故事時（他並不常講故事），都用一種毫不修飾率直的方式表達，而且強調在大蕭條時期的種種，而不是故事的重點。如果可以的話，我也想用他的方式來說這個故事。

左圖：著名歌手——尼爾瑟達卡。上圖：1911年的一張情人節卡。愛情或金錢？愛在招手，作個抉擇吧！

往常，他們都會到湖邊的那家小旅舍，而菲爾也會在大夥即將離開時彈奏他自己的歌，大家也都如常地對他說：「菲爾，這首歌真是太棒了，你可以用他來賺很多錢。」不過菲爾只會搖搖頭，然後微笑望著他的女孩。我必須在這裡打斷一下，我爸是個溫和卻實際的男人，他並無意強調菲爾望著他女友的部分。是我媽告訴我說那個女孩會在菲爾彈琴時把頭靠在他的肩上。我媽又說，菲爾寫這首歌的靈感就是來自女孩甜美欲睡的模樣。我媽並不是故事的一部分，他是年輕時跟我爸在一起聽我爸說的。我還想再加入一些關於菲爾與這首歌方面的事，譬如他如何用口哨吹出曲的調子，如何在餐廳削洋蔥與洋芋時反覆斟酌歌詞，緩慢而用心的選用最好的字句等等……可是我爸已經準備好要載大家離開小旅舍，還說他車子的輪胎是如何破舊。他車子的引擎像是用不同的零件拼湊起來的薑餅，其中有些零件還是他自己發明的。我媽說那個老德國人要他女兒答應他在唸完大學之前絕不跟任何男生交往。而我媽特別喜歡傷感的部分，並急著要告訴我那女孩要離開去唸大學時的最後一晚。

大伙全都去了小旅舍，那樣的氛圍是傷感的。菲爾彈奏那首女孩的歌時，女生們眼眶都濕了。我爸說菲爾把一週的薪水都花在一件新襯衫和領帶上，大家都笑他說那是他生平第一條領帶。有人高聲說：「菲爾，你應把這首歌帶到Bay City去，那個地方對他們來說就像是紐約一樣，只不過Bay City比紐約更真實而已。把它賣了拿了錢，也去唸大學啊！」這句話雖然是無意的，可是結果卻真的傷害了菲爾，因為他連中學都沒唸。不過我媽說很明顯的，大家都在想辦法讓他釋懷。

女孩都會回來過感恩節、聖誕節、還有復活節，他們也都會溜出去小旅舍喝啤酒、跳舞，就像從前一樣。大家都知道那個女孩在履行了她對她爸的諾言後就會與菲爾結婚，你可以從他坐在那架破舊的鋼琴前彈奏她的歌時，兩人互望的眼神中看到這一點。

　　關於他們眼神的部分，當然不是我爸說的，可是我忍不住要加上去，儘管我知道這樣會讓大家不耐煩。記住這故事發生在多年以前在北密西根一個湖邊的樹林之中，那時還沒有電視呢。我希望我能說得更詳細些，尤其是關於菲爾唱那首歌時的感受，以及那女孩聽到這首為她寫的歌時的感受，不過我想對於一個別人的故事我是打斷與干涉太多了。

　　意料之外的，或許你們大概也猜到了，在某一個學校假期她沒有回來看菲爾。因為她在大學裡認識了某個男孩，既帥又與她一般富有，加上她爸爸一直都知道菲爾的狀況，並時時向她施壓要她把他忘了。她接納了這個男孩，並在學校放假時跟他回到家鄉，與他墜入愛河。鎮上的人都是那樣想的，因為等到她畢業後與這男子一起出現時，他們已經結了婚，她的丈夫還直接接管了老德國人的銀行——並在我爸當技工的地方買了一部龐迪雅克，而且是付現的。

　　付現的部分常令我爸沈默與搖頭。他接著又提到在那個艱難的時期，來了這位穿著耀眼的白衣男子（我媽說他用的是法國的袖口夾）一切都是付現買的。

　　還有一件事，也令我爸搖頭——菲爾帶著那首歌到Bay City，並以二十五元把它賣了，那是他唯一得到的一筆錢。我們剛剛從收音機聽到的就是這首歌，它讓我爸想起我剛剛告訴你的故事。至於菲爾後來怎麼樣了呢？他留在Bay City並找到了一份管理戲院的差事。大蕭條之後我爸前往底特律到福特公司上任的路上，遇見了菲爾。他停了下來，菲爾給了他一盒爆米花。他寫給那女孩的歌已經賣了幾百萬張專輯，如果我告訴你歌名的話，說不定你還會唱呢，至少也會用口哨吹出它的旋律。我在想，當女孩聽到這首歌時會怎麼想。喔，對了，我爸也見到了菲爾的太太。她和他在同一家戲院工作與賣票，散場之後用一般的清理器清理地毯。我媽說她身材粗大，嗓門也大，一點都不像那一位。

狂野之夜──狂野之夜

愛蜜莉・狄克森（Emily Dickinson）

狂野之夜──狂野之夜

我與你

狂野之夜應當

如此共享

徒然──狂風──

對一顆歸港的心──

兼備羅盤

航海圖

右圖：義大利裔男演員魯道夫・范輪鐵諾在其全盛時期，是集狂野與致命吸引力於一身的女性夢中情人。

吻

威廉·山桑

魯爾夫傾身向她時，意識到這個時刻終於來臨，他第一次感覺到孤立的存在。在這邊緣上他與她之間突然被一種既無情又冰冷的距離隔了開來，這距離同時也讓他感覺到現實的顫抖。

她靠坐在椅墊上，頭髮披散在塔夫綢上，雙唇微張誘人地淺笑著，她粉紅色的舌尖纏繞在她的齒間。在每個熱天裡都會出現的夜蠅，在燈旁嗡嗡地，劃破了一間憂鬱房子的寂靜。這寂靜，被打斷了——當女孩向他舉起手時，塔夫綢墊子窸窣作響，她的絲質衣服沙沙的響聲點活了空氣，以細碎的耳語塑造她歡愉的舉止。

他怎麼會在這個時刻感到如此的疏離，從來不曾與她如此疏離過，甚至超過他們第一次的奇遇？在他與她的唇彼此靠近的瞬間，即便是在這樣的狀況下，他還拚了命地找原因。或許，把自己拉回來，而不是撲身向前會比較好些，像蛇一樣，在面對攻擊時，本能的蜷曲身體。也許他害怕的是被拒絕，造成他的尊嚴受傷，讓已然生起的恨意更加明確；也許他確定會被接受，如此一來征服的想法便滲透了他的希望。他已經伸出手去摘另一顆星，忽略那個因他逐漸靠近的陰影而退失光芒的星球。這三種情緒同時在他心裡並存，不過，是最後的這種情緒佔了優勢。

然而，不管心裡想的是什麼，唇與本能卻已啓動。不論理智希望流向哪裡，欲望的力量卻更強大，而且勢在必得。現在它似乎任意滑行——像華美的山區火車疾馳地開向頂峰，火車的引擎活塞急遽沸騰，每一次的蒸汽與煙霧還有嘈雜的顫抖，就是為了攻頂、停頓，然後平靜地下降，以一種緊繃後的鬆馳滑行，沿著圍欄不費力地往下滑向無可避免的目的地。這看起來多簡單，而這僅是開端。

　　因爲當他低下頭時，征服的念頭轉爲一種佔有。儘管距離還在，不過稍近了，而且近了許多，他在她身上找到他要的。他看到她赤裸的肩膀弧度，在煤氣燈粉紅的光影下閃亮著。他也看到這。肩膀向他聳起，以便她的腮幫子緊貼著肩膀，她的頭側向一邊，不妖媚，反而充滿思緒，彷彿在謹愼地衡量，對於這個美好的時刻與這一切盡頭處的完美感到滿足。她的眼睛半閉，烏黑眉毛下的藍光在眼瞼之間越顯朦朧，在夜的蜜色中愈發深沉。她的一小絡頭髮，飄過她的臉頰，掛在她的嘴角上。她慵懶地笑了，唇齒微張，用一種從溫暖的睡夢中甦醒後的笑意。她領口的象牙項鍊隨著既急且輕的呼吸起伏著。

　　他一再對自己說：「這是我的！這全都是我的！」這全都是那個我稱爲「自己」的陌生人的所有物，我看著他成長，向他喝采並鄙視他。他曾經一度是個被胡桃殼弄破指甲的小男孩，向媽媽的懷裡奔去；帶著狂野的自我滿足感領取獎品後，從學校的講台上走下來；接著是一個困在愛情神秘中的痛苦年青人，機敏地步向辦公室，永遠把自己當作一個年紀更大的人來看待；如今是一個志向確定的男人，經常失敗，不過也得到過不少的小成就，這些小成就正逐漸累積成一個更大的成就。而當下是另一次成就的時刻，而且還是最大的成就！這位陌生人竟有能力親吻著美麗又美好的生物，在他衰弱而無力的伸觸之外，卻又這麼貼近！這位陌生人發揮了他的魅力，並且贏了，現在那些財寶都在他的腳下，而他站在這一切他一度覺得太高的位置上。

　　那麼這位陌生人要不要用腳把這些財寶掃到一旁呢？

　　這輩子都不會！因爲欲望的衝力在急速升高，魯爾夫的頭俯得更低些，雙唇已然形成一個吻。此外，虛榮心並不是唯一在他心裡翻攪的情緒；他接著開始純然與深刻地欣賞他眼前的美好。

　　當魯爾夫向前彎下身時，四週的房子開始退後，他的視線只集

中在眼前燈光下的人物,視覺被一層滿溢情感的薄霧所淹漫。這霧,以一種更美的光澤,籠罩著頭髮、眼睛、嘴唇與臉蛋,彷彿在四週加上了光環一般,又宛如淚眼中所看到的臉龐。一種渴望的嗚咽哽在他的喉嚨。她的手放在他肩膀上。

然而,即使是這樣的時刻,他還是分了心。在光環的另一端,金色的流蘇在燈光中閃耀著。儘管他注視著她的臉,眼角還是看到了這些金色流蘇。一瞬間,他的心跑到一個劇院的幕簾去,一個舞台,某一齣戲,一場累人的爭吵,在一間沒有火以及三明治已然腐臭的畫室裡。

他的視線再往前挪移,流蘇便消失在視線四週的灰霧中,就像它出現時一樣突然,然後退下,完全不留痕跡。

他的眼睛很接近她的臉,近到使他可以看清所有的東西!他可以清楚地看見——就像透過一個放大鏡,她的下眼瞼有一條藍色的眼影,她的眉毛細柔、礦物油彩的光澤把她臉頰上的一顆褐色的痣,變成一個美麗的黑點。她的雙唇閃著朦朧的光,透過光還可以看到乾了的口紅。兩齒之間有一顆小泡泡。他注意到她鼻子側邊的毛孔比較大,還有些脂粉結塊在裡面。她竟然還有鬍鬚!然而那是如此細緻可愛,就像一個細絨毛的影子。

這時愛充滿了他,因為他也愛這一切。它們貼近,它們對他揭示的意義,它們不設防地純真坦露。他喜歡這些在完美底下現形的、可憐的人性掙扎。這個發現彷彿讓他認識另一個人,最後他總算穿透了這層由香水所堆砌的粉飾,並嗅到她皮膚上的鹹味。當野心遠遠超過覺醒的時刻是神奇的,即使還沒真正嚐到野心的滋味!而此時實現的時刻是如此的靠近,連欲望的迫切也都消失了。這是享受的一瞬,最後一次的撫玩很快就會被攫走——而且將不再回來。或許真正擁有的時刻是擁有之前的那一刻。當欲望知道連滑行的需要也沒有了,在這巨大的衝力中可能停頓嗎?它必須如此。就

如山區火車走過了快速的斜坡直接奔向平地軌道，然後不費力地慢下來，從來不用懷疑它會不會滑向終點站的緩衝器上。

　　他們都閉上了眼睛。他們用微張的雙唇親吻起來。他張開眼睛，輕輕地，再看一看這張他所愛的臉。這時，痛苦攫住他的脊椎！在驚恐中他看見她張開的雙眼，又大又藍，瞪著天花板！天啊——她一直都張開雙眼的嗎？她是不是在他們的雙唇接觸的那一刹那張開眼的呢？難不成她沒有被吻到？或是她根本沒在吻他？他可能知道嗎？他如何能相信她的答案——或許她在夢中也張開雙眼？這雙眼曾因熱情的距離而盲目，或是因思緒而明亮嗎？那又是什麼思緒呢？他怎麼知道呢？當他正忙著回答這些問題時，她的眼珠從上面轉向他，並直瞪著他的眼睛。

右圖：安德魯・藍，〝BEAUTY〞這個字倒映在凝視的女人眼眸中。

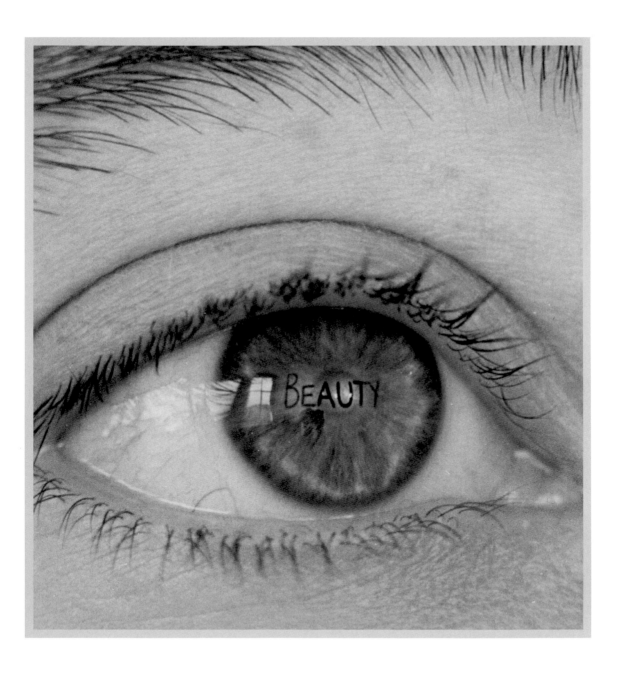

雅 歌

摘錄自《舊約聖經》

我的愛人矗立在年輕男子之間，
如群樹中的一顆蘋果樹。
我愉快地坐在樹下，
嚐著它的甜蜜果實。
他帶領我參加這場盛宴，
他的愛飄揚在我的髮稍。
用葡萄乾滋補我，
用蘋果滋潤我，
因為我被愛　沖昏頭了。

他的左臂在我的髮絲下，
右臂環抱著我。
耶路撒冷的女兒們　我命令妳們，
以田野的瞪羚與雌鹿為證，
千萬不要搖醒愛情，
除非時候到了。

你聽　我的情人，
他來了！
他跳過高山，
躍過土丘，
像一隻瞪羚或雄鹿。
看　他站在我家的牆邊，
望著窗戶，
瞥過窗櫺。
我的情人對我說，
快起來！
我美麗的愛人　跟我走，
看哪　冬天結束了，
雨季走了，
百花又出現在大地上。
歌唱的季節來了，
鴿子開始咕　咕　咕
無花果樹早早在結果，
開滿花的葡萄樹香氣四溢，
快起來！
我美麗的愛人　跟我走吧！

左圖：路易·巴洛，《搖滾樂迷》(Louis Barlow, Jitterbugs) 這些沈
迷狂舞的人和這首詩一樣，洋溢著喜悅的放蕩。

七月四日

喬‧巴雷

我女朋友來電那天，強森的事情已過了一週，他的屍體被人發現，吊在密西西比河岸的胡桃樹上。這一天也是政府在外太空測試飛彈失敗的前幾天，後來這次失敗把天空弄得烏煙瘴氣的。大約兩百多年前，同樣這一天，幾名英國人在海灘上被幹掉後，美國宣布獨立了。就是這一天，七月四日，我女朋友打電話給我的。

她說，她在替她叔叔看家，叫我過去。

當時我正宿醉，腦袋昏昏地就開車上路，約莫過了半小時，左轉進一條不起眼的小路。那是前往矽谷的方向，路旁都是高級住宅，兩層樓建築，不是灰色就是藍色，有些單調。莎拉穿著一身性感的比基尼，正躺在房子前做日光浴。

雖然我討厭陽光……但我們兩個人一整天都坐在游泳池旁，旁邊還有一個遊樂場和仙人掌花園。我們假裝是這房子的主人，舉手投足一付擺闊的樣子。其實我一點都不像，我非但不像電影明星，倒像是個流浪漢。在池子裡，我的皮膚又白又沒彈性，像卓別林或伍迪艾倫那種白癡樣。莎拉就不然了，她一付可人的臉蛋，使人想起老式好萊塢的風味，活像個瑪麗蓮夢露。我們並列躺在這棟洛杉磯的大宅邸外面，骨子裡卻是兩個小可憐。

「那是給小孩玩的。」莎拉說。

「什麼東西？」

右圖：安德魯‧藍，《無題》（Andrew Lane, Untitled.）青少年的初戀有他們自己的天地，那種調調在這張圖片和本文裡，都可感覺的到。

「這個遊樂場。」

「哦，」我咕噥道，「妳叔叔在幹什麼的？」

「搞停車場。」

我不知道搞停車場是指什麼，再問一次。

「什麼意思？」

我這麼追根究底，莎拉有點不耐煩。

「記得昨天我們去馬力布吃午飯的那家餐廳嗎？」

「記得啊。」

「他就經營那類的停車場。」

「這麼說，我昨天所付的三美元，是跑到妳叔叔的口袋裡囉？」

「沒錯，他的公司是美國最大的停車場連鎖企業。」

　　戴著一付特大號太陽眼鏡的莎拉說完，就游到泳池的另一邊去。這種裝闊的事兒，她比我行。這個游泳池很大，我不是很感興趣，於是拿起書來看。這是一本布考斯基寫的《女人》。布考斯基從郵局退休後，就開始提筆寫作。他說，這樣子，他每天都可以一覺睡到中午。我正在學他的法子，布考斯基是個酒鬼，搞不好還是個虛無主義著。整本書有一百頁左右，讀起來很像繪本。裡面敘述布考斯基跟無數女人上床的經驗，有點色情意味，但算不上色情文學，因為除了性，裡面還興致勃勃地談到麻醉藥丸、田邊燒草冒煙、酗酒、偷竊、怨憎、打架及死亡等等問題。這傢伙在一九九一年翹頭了。書裡有一段文字讓我印象很深刻。

　　「其實人生沒有一件事是協調的，每個人都在盲目度日，有什麼東西抓著就用。譬如信奉共產主義、吃健康食品、學禪、玩衝浪、跳芭蕾舞、搞催眠、參加團體聚會、狂歡、騎腳踏車、吃藥草、信天主教、舉重、旅行、提款、吃素、迷印度、畫畫、寫作、雕刻、作曲、指揮、揹東西、瑜伽、交媾、賭博、

喝酒、閒逛、吃乳酪布丁、聽貝多芬、巴哈、信佛、信基督、打坐、吸海洛英、喝蘿蔔汁、自殺、穿訂做的衣服、搭噴射機旅行、住紐約等等，做完後，一切都變成過眼雲煙。說穿了，就是人在死亡之前，找點事做。不過話說回來，有這麼多選擇也不錯。」

　　傍晚時，夕陽像一顆大火球猛力地照耀，然後躲到褐色的山丘後，沈了下去。這時街燈亮起來，整個小社區裡，安靜得叫人不安。莎拉跟我都意識到了，附近似乎都沒人，除了我們兩個。於是我開始被布考斯基影響，情緒有點疏離、想到性、瞌藥、喝酒，以及虛無主義。

　　回到屋子裡，我把莎拉壓在撞球檯邊，扯掉她身上滴水的比基尼。她的膚色是粉紅的，非常美，我覺得自己有點配不上。

　　「寶貝，你想幹嘛？」

　　「噓——來嘛！」

　　「不要在這裡。」

　　「就在這裡。」

　　「寶貝…你瘋了，萬一……」

　　「不會有萬一……」

　　我們就在撞球檯上做愛，搞完後，我氣喘噓噓地從她身上爬下來。我覺得通體舒暢，布考斯基的話好像在肚子裡發酵。我心裡想，當男人實在太爽了，邊想邊穿上褲子。

　　過了一會兒，我們灌了一打的啤酒，然後開始想瞌藥。好幾年前，我發現家裡有一瓶「維可汀」那是我老爸動完背部手術後，醫生開給他的。我偷了幾顆，跑到一輛廢火車上瞌，結果爽斃了，然後就上癮了。直到有一次癮頭發作，在搜括我爸的衣櫥時，被他逮到，當時我十六歲。那是三年前的事。

　　我們在廚房裡翻箱倒篋，只找到一些維他命，一瓶眼藥水和腹瀉藥。

　　「到樓上找。」我說，莎拉跟在後面。

　　我們在主臥室裡，搜遍所有抽屜、床底下、珠寶盒、衣櫥、浴室及床頭几，結果啥也沒發現。只聞到房裡散發著茉莉香。

　　搜完後，只知道莎拉的嬸嬸愛穿蕾絲內衣，很喜歡黑色的服飾；而她的叔叔是牛仔皮靴迷，可能有胃病，除此之外，什麼也沒，他們生活「正常」的不得了。

　　我們只好打消念頭，回到樓下，莎拉在火爐上煮點東西，我則一邊聽蕭邦的卡帶，一邊四處瞧瞧。

　　蕭邦的音樂稍微讓我舒緩了一下。我發現房子後面有一間書房，裡面的書又整齊又美。我很感興趣，因為我也是個書迷。其中一個架子上，排列一整套大部頭的書，看起來像百科全書，就是旅行推銷員在賣的那種藍色硬殼、紅色標籤、金色書名的大書。看來這套書是從沒被翻過。我用指頭滑過書皮上複雜的字母，一一瀏覽，選了一本《柏拉圖全集》後，整個人坐躺在一只超大的皮椅上，翻看書裡的目錄。我看過柏拉圖的《共和國》等文章，我喜歡他，因為他啟發了人的自覺。我決定要看《Meno》這一章，不過字體很小，閱讀有些困難。裡面是在討論美德與真理，我一邊灌著啤酒，慢慢地看。

　　夜裡，時間慢慢地挨過。我和莎拉在大客廳裡吃烤乾酪。我家裡沒有「大客廳」這種地方，因為我老爸是鐵工，老媽是家庭主婦。我把書放在膝蓋上，一整晚都在讀它，莎拉則在看《西雅圖夜未眠》。看得出來她不太高興，因為她理想中的國慶日，不該這麼度過的。我們沖過澡、刷過牙後，來到一間黃色的小房間，其實那原本是一間衣櫃。我數過，整棟房子共有十個房間，她叔叔卻只願意給她睡這個衣櫃！

　　莎拉很瘦，喝了四、五罐啤酒後就醉了，所以很快地睡著。由於房間角落有點燈光，我繼續看那本書。今天所做的每一件事都影響著我，包括啤酒、布考斯基和柏拉圖；白天我覺得像布考斯基，現在則像柏拉圖。一個下午過的非常人性化，生命就像一部百科全書。我闔上書要睡覺時，彷彿聽到柏拉圖在對我笑。

　　不知道為什麼，我突然哭了。莎拉在打鼾，沒聽見。我們並列躺在一個衣櫥裡實在很可憐。我把燈關掉，看著窗外，或許這就是福克納（William Faulkner, 1897-1962, 美國著名小說家。1949年獲得諾貝爾文學獎。）所形容的「內心的矛盾」吧！外面只有一輪銀月，在天空上發著微光，讓人感到無比孤寂。知道樓上那些抽屜裡的內衣褲是什麼顏色，使我覺得很恥辱；還有那些櫃子裡放什麼藥，這些人的床下有什麼、過什麼生活、會怎麼死，每一件事都讓我覺得很不舒服與沮喪。

　　我抓起筆記本開始寫東西。自從十年前我開始寫作後，這已經是第十三本了。葉慈說過：「跟別人吵架，可以練就好口才；跟自己吵架，可以產生詩。」這是十五歲那年的某天早晨醒來後，我意識到這句話的涵意，立刻把它寫下來。

　　我提筆的當下，全國各地都在放煙火，瀰漫著喜慶的氣氛。天空五顏六色，彷彿下著彩色雨絲，好像是天堂掉下來的彩帶似的。

　　我讓樓下的電視機開著，但把聲音關掉，畫面上不斷播出煙火秀。整間房子空盪又寂寥，我吻了一下莎拉的臉頰，然後閉上雙眼。窗外的月亮不知哪裡去了，可能也躲起來睡覺、打鼾、作夢地浪費青春吧！想起來有點可笑──瑪麗蓮夢露和伍迪艾倫一起睡在衣櫥裡！我老媽有一次在床底下發現我作的詩，大吼大叫地罵，她問我為什麼不能像海明威那樣爭氣？我說，海明威最後自殺翹掉了，她就不再說話，歎了口氣然後走開。

摘 錄 自 幸 運 的 女 兒

伊莎貝兒·阿蘭德

自從邂逅那名男子後,她分不清日夜、周四或周五、甚至連幾個小時或幾年都無法辨別。她覺得自己的血好像在沸騰,彷彿突然出疹子,來得快去得急,全然找不出頭緒。這個愛人似乎無所不在,一會兒現身路旁角落,一會兒自雲端向她招手;一會又在杯影裡搖曳。美妙的是,他時時入夢來……

愛的狂潮使她需要向人傾訴衷腸。在每一次愛人短暫的來訪後,她都鉅細靡遺地分析、揣測他的一言一行;或許當時彼此都應該表達些什麼才對;她不斷地回想兩人的眉目傳情、臉紅心跳,以及萬縷情絲……

她無法想像這麼深刻的愛,是一廂情願,她無法相信,這麼巨大的愛情力量只降臨在她一人身上。所有的跡象都顯示,在這個城市的某個角落裡,另一名男子也正飽嚐著相同的甜蜜與折磨。

在面對我們所愛的人時,我會滿懷憂懼,擔心付出的愛有如花落水流,一去不返。但是現在,我的想法改變了,沒有所謂白費的愛情,只不過它回報的形式不一樣罷了。我曾熱情地愛過一個人,但是落花有意,流水無情,然而,卻因為這樣,我才寫得出這些詩歌。

—瓦特·惠特曼(Walt Whitman)

左圖:佛烈·阿斯代和金潔·洛基絲輕快協調的舞步,如飄在空中般,展現了愛情的浪漫情緒。
上圖:象徵純潔的百合花神一心癡情,凝望著她所鍾愛的太陽。

左圖：阿格尼斯·佩爾頓，《無題》（Agnes
Pelton, Untitled.）這幅畫與本文的意境
都進入一種朦朧浪漫的世界。

刀疤臉的故事

北美印地安神話

刀疤臉很勇敢，但是很貧窮。在他很小的時候，父母就雙雙去世，留下他一個人孤苦伶仃。所幸刀疤臉的志氣很高，而且獵術高明。部落裡的老人說，刀疤臉的未來不可限量。不過，印第安的勇士們卻都嘲笑他，因為他臉上有一道不美觀的疤痕。那是他跟大灰熊近距離搏鬥時，被熊爪抓的。但最後是他宰了那隻熊。

部落酋長有一個美麗的女兒，所有的勇士都夢寐以求，想娶她為妻，刀疤臉也不例外地愛上她，可是因為他太窮了，不敢表達愛意。酋長的女兒拒絕部落裡半數勇士的求愛，使他存有一絲希望，但他非常矛盾，心想，難道她願意接受一個已經毀容的窮小子？

有一天，刀疤臉經過酋長女兒的帳篷外，她正坐在那兒，刀疤臉深情款款地看了她一眼，結果被另一名追求失敗者瞧見，那名勇士嘲諷他：「你有機會娶酋長的女兒！她不喜歡沒有疤的男人，刀疤臉，你的狗運來了！」

刀疤臉轉頭盯著這名勇士，寧靜中流露出一種尊嚴，他本來正打算向酋長女兒求婚的，沒想到遭人揶揄。刀疤臉不理會那名勇士，鼓起勇氣，回頭去找那女孩。

他在河邊找到了她，她正在拔蘭莖預備編藍子。刀疤臉走上前，很有禮貌地開了口：「我很窮，但是我很愛妳。我沒有什麼皮毛或乾肉餅，但靠著弓和矛還是可以維生。妳願意住到我的帳篷來，做我的妻子嗎？」

女孩閃動晶亮的大眼睛望著刀疤臉，燦爛的目光如同太陽穿透

樹林般。

「我未來的丈夫不會窮的，」她支唔道，「因爲我父親是酋長，他很富有，在他的帳篷裡，什麼都有。但是，我已經被太陽神指定，終生不許結婚。」

「這是很嚴重的事，」刀疤臉難過地說，「神的旨意難道不能收回嗎？」

「只有一個可能，」女孩回答，「去找到太陽神，懇求祂解除對我的旨意，如果祂同意的話，就要祂消除你臉上的刀疤做爲證明，表示祂同意把我許配給你。」

刀疤臉心裡很沮喪，因爲他不相信太陽神選了這麼美麗的女孩當做他的祭品，還會願意收回成命，但他仍然答應酋長的女兒，將盡力找到太陽神，懇求祂改變意旨。

時間飛快，好幾個月過去了，刀疤臉仍舊到處尋找太陽神的居所。他越過廣闊的平原、濃密的森林；跨過河流和高聳的山脈，披星戴月，夜以繼日，卻怎麼也找不著通往光明之神的金色大門。

刀疤臉來到森林裡，向野狼、熊和獾等野獸打聽，但沒有動物知道通往太陽神的路該怎麼走。他也向鳥兒請教，儘管小鳥日行百里，足跡遍處，仍然不知道答案。最後他遇到一隻狼獾，牠告訴刀疤臉，牠曾經去過太陽神的家，可以爲他帶路，於是刀疤臉跟著牠走。經過漫長又疲倦的季節，他們不停地走著，直到來到廣闊無邊的大湖旁，他實在無法跨越。

正當刀疤臉坐在岸邊沮喪不已時，兩隻美妙的天鵝游過來，呼喚刀疤臉坐在牠們的背上，就這樣安全地把他載到對岸，並爲他指路，然後悠哉地游走了。刀疤臉才走了幾步，便看見一付弓箭橫在眼前。由於他是個正直的人，不屬於他的東西，他從來不拿，於是繼續往前走。過了不久，他遇到一名俊美異常、面帶笑容的青年。

「我丟了一付弓箭，請問你有看見嗎？」美男子問。

　　刀疤臉告訴他，那付弓箭就在不遠處。他沒有將弓箭佔為己有，美男子非常讚賞他的好品德，便進一步地探問他要去哪裡。

　　「我在尋找太陽神的家。」刀疤臉回答。「我想應該就在不遠的地方了。」

　　「沒有錯，」美男子說，「我是太陽神的兒子，晨星阿比西洛茲，我帶你去找我那威嚴的父親。」

　　他們走了一小段路，阿比西洛茲指著一座發出萬丈光芒的大帳篷，外面有著刀疤臉從未見過的奇幻裝飾。帳篷入口站著一名高雅的女性，那是晨星的母親月神可可米姬，她親切地、喜悅地歡迎著刀疤臉。

　　接著，莊嚴偉大的太陽神出現了，祂就像太陽似的，散發奇異的神力，有著雄偉的外貌。太陽神也親切地歡迎刀疤臉，並邀他留下作客，與他的兒子一同打獵。刀疤臉於是和晨星愉快地出發。臨行前，太陽神叮囑，千萬不要靠近大湖，那裡住著凶猛的怪獸，會傷害晨星。

　　刀疤臉耐心地與太陽神、月神及晨星相處，不敢立即說明來意，以便等待良機，確保他的期望不會落空。

　　有一天，他和晨星像往常一樣出去打獵。晨星偷偷跑開，想去殺掉他父親所說的那些怪獸。刀疤臉隨後及時趕到，千鈞一髮之際，解救了晨星並殺死怪獸。太陽神非常感激刀疤臉及時解救了祂兒子，使他免於慘死。於是問他，千里迢迢來到此地找祂，為了什麼事。刀疤臉把他愛上酋長女兒的事一一細述，並提出他的請求。太陽神一聽，當下就允諾了他的要求。

　　「回去找你心愛的女人吧！」太陽神說，「為了證明把她許配給你是我的旨意，我讓你恢復原來的容貌。」

　　太陽神說完，手指一揮，刀疤臉那道爪疤立即消失。在他離開太陽仙境的時候，月神和晨星送給他許多奇珍異寶，並指引他一條

捷徑，使他能夠迅速重返人間。

　　刀疤臉很快地回到他的部落，當他和酋長的女兒見面時，她認不出他來，因為他在太陽仙境所獲得的那些珍寶華服，使他盛裝體面，迥異於以往。女孩終於認出他後，立即撲倒在他懷裡喜極而泣，並在當天嫁他為妻。快樂的夫妻倆架起了一座敬神的帳篷獻給太陽神。從此，人們不再叫他刀疤臉，而改叫他──俊俏臉。

穿 洋 裝 的 女 孩 們

艾爾溫·蕭

上圖：亞佛烈·史提格里茲，
《桃樂絲·杜魯》
（Alfred Stieglitz, Dorothy True.）

當他們走出「貝佛爾」時，第五大道沐浴在陽光裡，驅走了二月的寒意，街上的一切就是典型的周日早晨。巴士車輛熙來攘往，穿著整齊的男女成雙成對，寧靜的建築物窗子緊閉。

麥可緊緊擁著法蘭西絲，盈快地踏著陽光走向華盛頓廣場。兩人輕鬆地漫步，臉上掛著笑容。今天他們很晚才起床，吃了一頓豐盛的早餐，趁著周日出來走走。麥可解開外套的扣子，讓外套在微風中飛揚。

「小心！」當他們跨過第八條街時，法蘭西絲拉住麥可：「你會撞斷脖子的！」兩人忍不住相視而笑。

「那女孩還沒漂亮到值得讓你撞斷脖子。」法蘭西絲說。

麥可笑著說：「妳怎麼知道我在看她？」

法蘭西絲轉過頭去，面對著她丈夫，帽沿下那雙眼睛神祕地笑著。「我怎麼會不知道？」

「好……對不起。」麥可說道。

法蘭西絲親密地拍一下丈夫的手臂，拉著他朝華盛頓廣場走去，「今天我們都不要見任何人，就我們倆個隨便晃。平常交際應酬，不是喝別人的威士忌，就是喝自己的威士忌。只有在床上才能見到對方。今天一整天我都要和我的丈夫在一起，他只能看著我，只能聽我說話。」

「難道，還有什麼雜事嗎？」麥可問。

「史蒂文森夫婦要我們一點左右過去，說要載我們到鄉下去。」

「精明的史蒂文森夫妻嗎？哦，那可以取消，讓他們自己去。」

「是事先約好的？」

「沒錯。」

法蘭西絲靠過去，輕吻丈夫的耳尖。

「親愛的，這裡是第五大道。」麥可說。

「我要好好安排今天的節目，讓咱們過一個很棒的紐約周日。」法蘭西絲說。

「要輕鬆一點的。」

「我們先去大都會美術館，」法蘭西絲開始細數，麥可本週曾說想去看看畫。「我已經三年沒去了，那裡至少有十幅畫值得我再看一遍。接著坐巴士到洛迪歐城看溜冰。晚上則到『卡瓦納格餐廳』吃一大塊牛排，再配上一瓶紅酒。然後，聽說有一部法國片很棒——麥可，你有在聽嗎？」

「當然有，」麥可的目光從路過的一名女孩身上移開。

「這就是我的安排。」法蘭西絲有點洩氣。「不過，或許你只想在第五大道走走而已。」

「沒有，沒有……」麥可急忙說。

「無論走到哪裡，你老是在看別的女人，」法蘭西絲開始埋怨。

「親愛的，我什麼都看。老天爺讓我們的眼睛長在臉上，我不只看女人，也看男人、地下鐵、電影、田野的小花，偶而也看天空。」麥可說。

「你應該看看你剛剛的眼神。」

他親吻了一下她的眉毛，「我是個幸福的已婚男人，而且是二十世紀的模範丈夫——走吧！咱們去喝一杯。」

> 對愛忠實的人只知
> 道愛情裡瑣碎的
> 事；唯有不忠實的
> 人才了解悲劇。
>
> 　　—奧斯卡·王爾德
> 　　（ Oscar Wilde ）

「剛剛才吃過早餐。」

麥可很謹慎地看著妻子，「親愛的，今天天氣很好，我們的心情也很好，沒有必要鬧的不愉快。」

「好吧！我也不知道自己在吃那門子醋，算了。今天讓我們好好玩一天吧！」

說完兩人手牽手，繼續散著步。在華盛頓廣場公園裡，有許多推著嬰兒車的大人、穿著周日服裝的義大利裔老男人，以及牽著蘇格蘭犬的少女。

「每個人至少一年，就該去大都會美術館一次。」過了一會兒，法蘭西絲開口。聽得出她故作愉快的聲調。

「這麼多人去看畫，表示紐約還有點人文氣息——」

「法蘭西絲——」麥可很嚴肅地看著她，「五年來，我沒有碰過其它女人。」

「對，」法蘭西絲應聲。

「妳相信對吧？」

「對。」

他們在繁茂的公園樹林間走著。

「我儘量不去在意，」法蘭西絲說，「但心裡就是不舒服。每次經過一個女人，你看她們的眼神，就像你第一次看我時那樣。」

「我記得我們的初識……」麥可說。

「那是同樣的眼神。我覺得很不舒服——」

「親愛的，別說了——」

「或許真的該去喝一杯。」法蘭西絲說。

他們朝第八街一家酒吧走去，什麼話也沒說。麥可仍然體貼地牽著她過馬路，踏上人行道。他們坐在一個靠窗的位子。陽光射進來，店內的壁爐點著溫暖的爐火。一名日裔男侍者走過來，擺上一盤棒狀小點心，對著他們微笑。

「妳想喝什麼？」麥可問她。

「白蘭地吧！」

「兩杯『庫瓦西』。」麥可告訴侍者。

侍者端上來以後，他們在晨光中啜飲著白蘭地。麥可啜完他那杯後，喝了一點水。

「沒錯，我看女人。我走在街上，如果說我不看她們，是自欺欺人。對自己虛偽，對妳也虛偽。」

上圖：朱莉・福克絲，《無題》
（ Julie Foakes, Untitled. ）

「你看女人的樣子像是想跟她們上床，」法蘭西絲把弄手中的酒杯，「每一個都如此。」

「就某一方面而言沒錯，但我什麼也沒做。」

「我知道，所以才覺得不舒服。」

「再兩杯白蘭地。」麥可向侍者示意。然後歎了一口氣，閉上眼睛，用手指揉著。

「我喜歡女人的樣子，我喜歡紐約的原因之一，就是這裡女人很時髦很漂亮。我剛從俄亥俄州來紐約時，就注意到了。整個紐約有上百萬美麗的女人，讓我每天都心花怒放。」

「跟小孩子一樣。」法蘭西絲回答。

「別亂想。我都已經是中年男人了，身上也開始長贅肉。但我還是喜歡在下午三點沿著第五大道的東側散步，這個時候在第十五街和第五十七街之間，女人們全都花枝招展地出門來購物。」

日本侍者又端來兩杯酒，臉上依然掛著笑容。

「還可以嗎？」他殷勤地問。

「好極了。」麥可寒喧道。

「不過是一些毛皮大衣和四十五美元的帽子。」法蘭西絲說。

「不是那些東西，而是屬於女人的一種風情——哎，不應該跟妳說這些的。」

「我想聽。」

「我也喜歡辦公室那些活潑開朗的女孩。午餐時，四十四街的女侍也叫人心動；還有商店裡的女孩，對男士特別感興趣，總是把其它女客人丟在一旁……這些事其實沒什麼好講的。」

「繼續講。」法蘭西絲說。

「我想到紐約的時候，想的是那些女人。我不知道這樣有沒有毛病，還是每個男人都如此。反正，就是有一種愉快的感覺。看電影時，我喜歡坐在盛裝出門的女人旁。還有足球場邊那些臉頰紅潤的女孩；以及夏天那些穿洋裝的女孩們，每一個都讓我精神舒爽……」他喝完最後一口，「講完了。」

法蘭西絲也啜完杯中的酒，「你說你愛我。」

「沒錯，我愛妳。」

「我長得也不錯，」她說，「跟她們一樣漂亮。」

「妳長得很美。」麥可說。

「我是一個好太太、好朋友，願意為你做任何事。」

「我知道，」他伸出手去握住她的。

「但你一付不自由的樣子——」她抽出她的手。

麥可無奈地彈一下眼前的酒杯，歎口氣道，「好吧！有時我的確覺得不自由。」

「什麼時候，只要你說一聲——」法蘭西絲越說越倔強。

「別說傻話了——」麥可把椅子拉到她身旁，輕拍她的大腿。

法蘭西絲流下眼淚，用手帕搗著臉，不讓店裡其它人注意到。

「有一天你就會真的去做了。」

麥可什麼也沒說，眼角瞥見吧台裡的侍者，正慢條斯理地切一只檸檬。

「總有一天你會跟其它女人上床的——」法蘭西絲忍不住氣憤地說，「對不對？」

「或許吧！」他把椅子拉回原位，「我怎麼會知道以後的事。」

「你心裡清楚的很。」法蘭西絲不放棄。

過了好一會兒，麥可才回答，「沒錯，我很清楚。」

帕蘭西絲不哭了，用手帕擤了幾把鼻涕後，努力讓表情恢復正常，「至少給我一點面子，」她說。

「什麼？」

「往後別在我面前談哪個女人多美，身材多好，聲音多甜。」她嘲弄地說。「你自己暗爽就好了，我沒興趣。」

法蘭西絲轉頭叫侍者，「再一杯白蘭地，」

「兩杯。」

她冷冷地看著麥可說，「你要我打電話給史蒂文森夫婦嗎？鄉下應該蠻有趣的。」

「好啊！」麥可不想反駁了。

她站起來，走向電話。麥可看著她的背影，心裡想：這個女人還真美！

致一名公娼

瓦特・惠特曼（Walt Whitman）

妳要沈著　面對我時不要害怕
我叫瓦特・惠特曼　跟自然女神一樣
沒有偏見又開朗
除非太陽排斥妳　我才會排斥妳
除非露珠不再對妳閃耀　樹葉不再為妳作響
我的文字不為妳細述

女孩　我給妳一個約會　我要妳好好準備來見我
我要妳耐心等待　全然無瑕地等我來

屆時　我將給妳一個深情的眼神
那將讓妳永生難忘

右圖：麥斯菲爾德・派瑞許，《溪流旁的牧羊神潘安》（Maxfield Parrish, Pan by a Stream.）牧羊神潘安，旺盛的情欲本性，在今日許多男人身上都看得到，就如同惠特曼所寫的這首詩一樣。

法蘭姬和強尼

美國民謠

這首歌的多種版本在
美國流行將近一百
年，貓王唱過它，好
萊塢也拍過它。由於
它典型地反映癡情男
女可悲的一面，具有
超越時空的意涵。

法蘭姬和強尼是一對情侶，
哦！上帝，看看他們的情意……
他們倆山盟海誓，如天上繁星情永不移。
他是她的男人，但不久即將變心。

法蘭姬是個良家婦女，每個人都讚許。
她把錢都給了強尼，他卻拿去花天酒地。
他是她的男人，卻很快就變心。
強尼到酒店裡，叫了一桶黑麥啤。
一小時後，法蘭姬來了。
問道是，在哪兒我的強尼。
他是我的男人，卻不知跑到哪裡去？

我不想惹妳生氣，但又不能不告訴妳。
我看見那個年輕男子強尼，

搞上一個女孩叫莉絲·布麗。
我知道他是妳的男人，但是他對不起妳。
法蘭姬跑到旅館去，
領班的沒有騙這名良家女，
她從鎖孔瞧見愛人強尼，
正搞上亞莉絲·布麗。
他是她的男人，卻忘恩負義。

法蘭姬扯掉身上的外衣，
拿出手槍，扣下板機，
強尼站起來又倒下去，
一顆子彈射進他的心臟裡。
他是她的男人，死的有道理。

副警長於是銬上可憐的法蘭姬，

上圖：湯瑪士·哈特·班頓，《法蘭姬與強尼》（Thomas Hart Benton, Frankie and Johnnie.）

把她帶回去，
關在一間小小的牢裡，
因為她沒有錢保釋自己。
他是我的男人，殺了他是應該地。
法蘭姬問警長：「他們會怎麼處理？」
警長告訴法蘭姬：「絞刑吏在等著妳。
他是妳的男人，但不應該被槍斃。」

法官對陪審團說：「經過就是如此而
已，她就是斃了愛人的法蘭姬。
這算謀殺的第一級。他是她的男人，卻
是不忠的紈褲子弟。」

法蘭姬回到小牢房去，
那兒沒有風扇電力。

她叫妹妹來相聚，
告訴她：「嫁了賭徒會後悔莫及。我
有過一個男人，他的負心無人能比。」

法蘭姬被帶上樓梯，
她的命快要被奪取，
在絞台上，她鼓起勇氣，「男人不是
好東西，什麼山盟海誓，都是欺騙
妳！」

法蘭姬被帶到天空裡，
但強尼卻直接下地獄。
這個愛情故事沒有意義，
因為兩人都毀了自己。

推 車 緣

布魯斯・何蘭・洛吉士

露營車的停車場和住宅社區是一個小圈圈，有一個固定的集會地點，那就是──雜貨店，因為每個人都必須吃東西。那一天在米糧豆類的貨架旁，我跟那個女人無獨有偶地，搞錯了彼此的推車。她拿了一包五穀雜糧，丟在我的推車裡；我則從貨架上拿了一些東西，往她的推車裡丟。人不喜歡承認錯誤，心裡明明很清楚，卻裝出一付什麼也沒發生過似的，連犯錯都可以裝成是故意作錯的樣子。

左圖：安德魯・藍，《無題》（Andrew Lane, Untitled.）人可以隨便
　　　拿一個身分，然後把它當作自己嗎？

　　她丈夫本來站在他們的推車旁，現在那輛推車變成我的。她走到冷凍食品那一區，我太太抱著正在睡覺的兒子也待在那裡。她丈夫選了一瓶昂貴的紅酒，顯然是爲了要搭配他們剛剛選購的牛排，而選的一瓶高檔貨，那個價錢足夠買好幾瓶普通餐酒。問題是他的牛排在我這裡，但我故意什麼都不說。

　　在收銀機前排隊算帳的時後，我本來應該開口糾正這件迷糊事的；或是在坐進賓士前「懸崖勒馬」，讓這場誤會結束。但是我的惡作劇持續越久，就越不想拆穿它，況且，我想吃那些牛排。

　　在那天晚上以前，我沒進去過那些社區。他丈夫把賓士車開進車庫，停在我的黃車旁。我做了一份沙拉，灑些鹽在生牛排上，讓烤爐的火開始熱起來。游泳池的藍色水光，映照整個後院，池子裡有只浮椅，那是供無所事事的人，消遣一整天用的。

　　我把牛排塗上奶油一起下肚，它們非常鮮嫩多汁。但無論你多麼不想承認錯誤，心裡還是知道，繼續錯下去就太過份了。我心想，事情會壞到什麼地步呢？

　　第二天早晨，當我坐在那只浮椅上時，接到一通行動電話。

　　「喂？」是那個女人的聲音，「請問是湯尼嗎？」

　　我不曉得該說什麼。沒錯，我叫湯尼。

　　「湯尼，我叫南西，」那女人說：「有事想請教你。」

　　我猜，她跟我都想結束惡作劇，敢作敢當，承認錯誤，沒想到她卻說：「我們正在漆車道，想請教你，最後一道漆怎麼上？」

　　我告訴她怎麼做。我不會做的事很多，譬如調一杯好喝的馬丁尼，或是如何清洗游泳池，但是粉刷車道這件事我會。

　　此後，我和南西開始通電話，交換彼此的心事。她告訴我，在工作上的不如意，無法升遷等等；我則告訴她，我在性生活上的不滿足，得不到性樂趣。她談論繡球花的培育；我談論嬰兒的教養，兩個人覺得很投契。

　　最後，我們在一家汽車旅館裡幽會。她把車子停在停車場的一頭，我則停在另一頭。登記住房時，她填上史密斯夫婦，並以現金付帳。

　　之後，當我開著賓士車回家時，我懷疑自己是否錯得更深。但我告訴自己：太晚了。有時候當人走上一條路後，就無法回頭了。

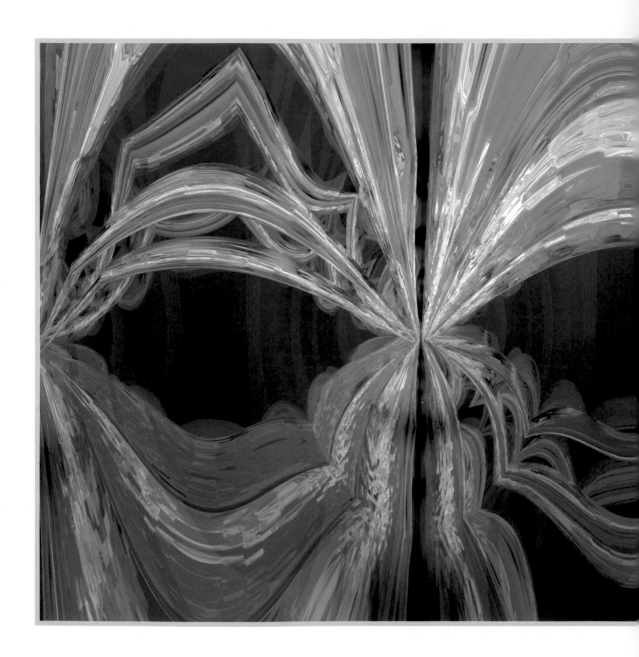

頑固的夫妻

亞蘭・西南

從前，有一對夫妻常常吵架。因為，每當做妻子的在煮飯、掃地或洗衣服時，做先生的就習慣性地坐在家門口。這名妻子氣不過就問先生：「你為什麼每天坐在那裡，什麼事也不幹？」當她這麼問時，先生就回答：「我在思考更長遠的事。」

「就像豬尾巴那麼長！」妻子這麼回嘴。

有一天早晨，穀倉裡的小牛肚子餓地吽吽叫。

「去照料牛隻，」妻子跟丈夫說：「那是男人的工作。」

「不行！」丈夫大聲說：「發號施令的是男人，女人只能聽命行事，不該指揮男人。」

「真正的男人應該工作！」妻子不甘示弱。

「我從我父親那裡繼承一群羊，」丈夫理直氣壯地說，「牧羊犬看顧羊群，我把牠們生產的羊毛和乳酪給妳吃、用，所以去餵牛的，應該是妳。」

「給我吃、用？這種窮酸話你也說得出口！」妻子厲聲反駁。一整個早上和下午兩人就這樣吵個不停。到了晚上，夫妻倆心裡出現相同的主意。

「從現在起，誰先說話，誰就要餵牛！」兩人同時說道。彼此點點頭同意後，就閉嘴上床睡覺了。

第二天早晨，妻子醒了，點燃爐火開始做早餐、掃地和洗衣

左圖：凱瑟恩・柴斯，《想望》（Cathryn Chase, Envy.）

科技進步與價值觀的改變所帶領的快速變遷，已輕易地將日常生活中人與人之間深刻而瑣碎的互動劃分開來。我們脫離了常規，喪失了聊天與交談以及讓自己處於舒適狀態的基本能力。我們不僅要學著克服與人交際時所產生的膽怯，也須在這樣的過程中用心體會隨之而來的撫慰與快樂。除此外還得更深一層地學習思考，在生活的周遭努力發現原根基的意涵。

—蘿拉‧帕帕娜（Laura Pappano）

服。而丈夫像往常一樣，坐在門口的椅凳上，抽他的煙斗。妻子知道，如果她待在家裡，看見丈夫什麼事也不做，一定會氣的先說話。所以就戴上面紗，出門找一位朋友去了。丈夫看著她出去，納悶著她要去哪裡。

過了不久，有一名乞丐來到家裡，乞討食物和錢。正當丈夫想要開口說話時，趕緊把嘴巴閉起來。這一定是她的詭計！他心想，「她想讓我先開口。」丈夫因此繼續保持沈默。乞丐以為這名丈夫是啞吧和聾子，就走進屋子裡，裡面沒有半個人，他看見盤子裡滿是麵包和乾酪，飽餐一頓後才離開。丈夫一看，正要大聲對乞丐吼叫，但一想起和妻子的約定，只好趕緊閉上嘴巴。

接著，一名做流動生意的理髮師經過，問丈夫要不要修剪鬍子。丈夫仍然不開口。這又是她的詭計！這個頑固的男人開始慍怒起來。理髮師以為遇到一名聾啞，就好心地動手為他修剪鬍子。修完後，理髮師很自然地伸手要錢。丈夫一動也不動。理髮師開口再要一次，並開始發火，威脅道：「再不給，我就刮光你的鬍子，把你的頭髮剪成女人的樣子，讓你好看！」丈夫仍然無動於衷。理髮師果真把他的頭髮亂剪一通，怒氣沖沖地走了。

接著是一名老太婆來了，這次是推銷化妝品和美容祕方。由於她的視力不佳，把這名丈夫看成年輕的女人，「親愛的小姐！」老婆婆說道：「妳坐在門口，應該戴著面紗才對！」接著又補了一句：「尤其，妳長得這麼醜！」丈夫依然什麼話也不說，所以，老婆婆也以為他聾啞，「真慘，又醜又聾！」她嘴裡喃喃道。

老婆婆想著，大展身手的機會來了，就搬出她的化妝品，拿了一頂假髮戴在丈夫的頭上，幫他塗上腮紅，點上唇膏。忙了一會兒後，「好了！」她滿意地看著自己的傑作，「你看起來美多了。」接著老婆婆伸手要求付錢。那丈夫既不動也不說話，老婆婆逕自將手伸入他的口袋，掏走他所有的錢，然後走了。丈夫火冒三丈，心

想：我非找我老婆算帳不可！

接著，一個小偷靠近了。他看到一個年輕女人單獨坐在門口感覺很奇怪，但是不尋常的情況常常是他可以利用的機會。所以，他向前走去。「小姐！」他說道：「妳怎麼獨自坐在外面，妳沒有丈夫或兄弟保護妳嗎？」

丈夫幾乎忍不住要笑出聲。「我老婆的技倆可真多！」他心想。小偷則以為他是聾啞，就進屋子裡去，把值錢的地毯、花瓶、衣物等席捲一空，揹在身上，快樂地對那丈夫揮揮手走了。

我非好好教訓她不可，丈夫在心裡發誓。時至餉午，小牛在穀倉裡飢渴不已，就從牛棚裡掙脫出來，跑進村子去。那名妻子聽到外面的擾攘聲，趕緊從朋友家裡跑出來，把小牛捉住，牽回家去。在門口，她看到一名長相怪異的陌生女人坐在她丈夫的凳子上。

「妳是誰？」妻子問道：「我丈夫人呢？我才出去幾小時，他就討小老婆了！」

「啊哈！」丈夫跳起來叫道，「妳先說話，以後妳得照顧小牛！」

妻子感到不可置信，「你刮光鬍子，戴假髮、塗口紅只是為了要騙我！」她生氣地大吼大叫，一面往屋裡走，看見所有家當都不見了。「怎麼回事？！」她問丈夫：「東西為何都不見了？」

「被妳僱的那個賊搬走的。」丈夫自鳴得意地說：「我才不上妳的當！」

「我沒有僱任何人啊！」妻子莫名其妙。

「妳騙不了我的，」丈夫覺得自己實在太精明了，「妳已經賭輸了，以後必須照料小牛。」

「蠢男人！」妻子失聲叫道：「你竟然呆坐在那裡，眼睜睜看著小偷搬走所有東西！」

「我知道那是假裝的！」丈夫仍然自以為是地發笑。

　　妻子氣得說不出話來，「你不但丟臉，還丟了財產，而滿腦子卻只想到打賭的事！」她盯著丈夫半晌，說道：「你說的很對，從現在起我會照料小牛。因為我要帶著小牛離開你，我不要跟一個頑固的蠢蛋住在一起！」

　　妻子牽著小牛走到村子的廣場，向一群小孩打聽，是否有看見揹著大袋子的人。小孩們指向荒野處，遠遠地可以看到一個男人揹著包包，急急忙忙地走著。妻子盯著那賊，綁緊面紗，拾起小牛的韁繩，朝荒野處飛奔而去。在一處綠洲處，她終於趕上那個賊，並故意坐在路邊，對他拋媚眼。

　　賊兒受寵若驚，開口問這眼前這女人：「妳一個人要去哪裡？妳丈夫或兄弟怎麼沒有護送妳呢？」

　　妻子又對賊兒眨了眨眼睛，故作嬌嗔：「如果有的話，怎會只有一隻小牛陪著我在荒野裡趕路呢？」

　　兩人開始邊走邊聊，妻子不斷對賊兒眉目傳情，很快地那個賊便要求她嫁他為妻。妻子立即接受，兩人決定在下一個村莊暫停旅程，要求村長為他們證婚。這時天已經黑了，妻子知道一定來不及舉行婚禮。果然當他們抵達村莊後，村長邀請他們先留下來過夜。

　　當所有人都睡著後，那妻子悄悄起來，翻看那個袋子裡的東西。當然錯不了，裡頭都是她家值錢的物品。她把袋子綁在小牛身上，準備逃走！這時，她想到一個主意，於是躡手躡腳走進入廚房，用麵粉和著水在蠟燭上稍煮一下後，再把麵糊倒入那個賊和村長的鞋裡，然後急忙地牽著牛往荒漠裡逃走。

　　天亮時，賊醒了，發現「未婚妻」不見了，朝窗外一望，看見那女人居然帶著他的贓物跑了，急忙要穿鞋追趕，卻發現腳穿不進去，原來鞋裡的麵糊已經硬的像磚碗似的！那賊慌忙中抓起村長的鞋子就要套上，但一樣不能穿。最後，那賊只好光著腳跑出來，此時太陽已經昇起，把沙漠裡的沙子曬熱了，他的腳很快地灼熱起

泡，所以不得不停下來。

另一方面，那妻子想念丈夫，便回家去。當她到達門口時，沒見到丈夫像往常一樣地坐在板凳上，於是趕忙跑進屋裡，看見地掃好了，水也汲了，爐火也點了，晚飯正煮著，但不見丈夫人影。她又跑到院子裡，看見丈夫在晾衣服。

「蠢傢伙，」妻子說道：「你在幹什麼？」

「只因為頑固愚蠢，我丟了臉、丟了財物，妻子也跑了！」丈夫回答。

妻子把丈夫手中的濕衣裳拿過來，說道：「這是女人做的事！」這時，小牛又低聲哞哞叫，口渴想要喝水。

「我去照料牛。」丈夫說。

「不，應該我去。」妻子搶著說，兩人相視而笑。從那天起夫妻倆和諧相處，丈夫照顧小牛，並像其它男人一樣工作；而妻子料理家務，不再埋怨。天黑後，當他們忙完一天的雜事，便一同坐在門口的板凳上，看著世界在他們眼前流逝。

右圖：朱莉‧福克絲，《吉爾與潔絲》(Julie Foakes, Giles and Jess.)

變 形

艾德溫·佛萊迪曼

有一天早晨，康太太醒來後，發現丈夫變成一隻毛毛蟲，正在房間的角落慢慢地蠕動著。那個位置平常是放落地燈的地方，因為燈壞了，才送去修理。

她立刻明白，這個狀況將大大改變他們的婚姻。於是輕輕走到毛毛蟲旁邊，避免嚇到牠，並伸出手去撫摸牠。

但是，康太太才一碰到牠，毛毛蟲便蜷起來，不再動了。看到這種情形，康太太越發想溫柔地撫摸她的丈夫，希望他放鬆伸展開來，但牠卻變得全身僵硬起來。

「乖乖，不要害怕，我不會傷害你。」她輕聲地安慰。但毛毛蟲一動也不動。

康太太耐心地說道：「我還是很關心你，我們還是可以在一起。」她把手掌弓成碟狀，像一個舒適的小搖籃般，希望她的丈夫躺在上面感到安全，然後願意伸直身體。她稍微搖晃一下手掌，想看看她的丈夫會不會因此動一下。但毛毛蟲完全地被動，隨著她的動作，幾乎滑出手掌，卻仍然蜷起來像個毛球，康太太趕忙用另一隻手合掌捧住，以免她丈夫掉到地上。

經過這樣的一陣驚嚇，她的情緒開始轉變了。「拜託你，」她央求道：「請你了解我們的處境，人蟲相處實在是不容易，我已經在盡力，至少不要拒絕我。」她感覺仍然沒有回應，牠甚至比剛剛更死寂。

她把毛毛蟲放回地上，心想：「或許我不要握那麼緊，牠就會出現一點生命現象。」毛毛蟲仍然不動。「你想要吃東西嗎？」她雖然這麼問，但能拿什麼給牠吃呢？自己根本還沒個主意！「等一

上圖：朱莉・福克絲，《無題》(Julie Foakes, Untitled.)

下我得出去，把你一個人留在家裡，我有點擔心。」但是，她丈夫依然沒有反應。

「或許地上太冷了。」她又把丈夫放進手掌裡。康太太走到窗子旁，把早晨透氣的半開窗子緊緊關上。「喏，這樣你會溫暖些。」

她走到最初發現丈夫變成毛毛蟲的那個角落，從盆栽裡摘下一片大葉子，平整地放在地上，小心翼翼地把丈夫放到葉子上，想試試比較自然的昆蟲棲息型態，是否可以刺激她的丈夫有所反應。但毛毛蟲還是動也不動，她的心情變得更差了。

「你要搞清楚，」康太太開始不耐煩起來，「我願意像其它婦女一樣逆來順受，但不能這樣下去，你必須合作一點。」她不曉得該如何說下去：「我甚至不敢奢求你開口說話。天啊！你還能不能說話，只有天曉得！你可以不說話，但要讓我知道你想怎樣，不能全丟給我一個人用猜的——你想住在盒子裡嗎？」康太太就這樣不

斷地跟她丈夫說話，直到她覺得根本是在白費功夫。

　　她再度捧起丈夫，牠似乎更僵硬了。突然地，她把毛毛蟲拿到眼睛前面，輕輕一捏。沒有反應。再捏重一點，也沒用。她把手放低，改用一根牙籤去刺探毛毛蟲。剛開始她輕輕地戳牠，看牠會不會蠕動。沒有用後，就再用力一些。毛毛蟲在牙籤棒旁捲著。康太太仔細刺探整個蟲身，想找到比較柔軟、比較脆弱的地方，於是沿著一節一節的黑色蟲體環身尋找著，並注意不去碰到牠的頭部。但是橫的、縱的都試著戳過後，無論戳在哪裡，使力輕或重，任憑康太太怎麼推牠，仍引不起毛毛蟲的回應，牠只是一味地蜷著，沒有任何動作，最後，康太太怕戳傷牠，就把牙籤丟了。

　　由於毛毛蟲死蜷著，康太太心想，該不會把牠弄死了吧？但沒有看見血啊！如果牠死了，蟲體會變冷嗎？她拾起牙籤又再戳了一遍，仍然沒效。

　　康太太開始衡量整個狀況。顯然，從現在起，她必須獨自處理所有的事，當然啦，這跟以前也沒什麼兩樣，家事還是得由她一手包，而且在她丈夫能夠表達之前，她還是會一直對他說話，以維持關係。友誼想必是談不上，至少希望牠能動一動，這樣對彼此關係會有點幫助。

　　康太太到衣櫥裡，找到一只鞋盒，並到外面去弄一些草和樹葉，再放幾隻蚜蟲進去，然後拿回房間那個角落。現在那裡已經成為她丈夫的棲息地。她把盒子放到地上，將盒蓋倒折成斜坡，試著教她丈夫如何以斜坡當橋，爬進盒子裡。「看這裡，甜心，」她輕聲地說。「我幫你弄了一個窩，你會覺得很安全的。我會儘量每天換樹葉，讓你住的很乾淨。問題是我不知道你能吃什麼，所以我會好好想想。書房裡應該有關於毛毛蟲的書，我會去找來看。」她再度把丈夫捏起來，放在膝蓋上，看牠會不會有反應。毛毛蟲依然蜷向一邊，整個身體變成圓形，像是在睡覺，又像是死掉了。

在接下來的數星期中，康太太努力適應這項轉變。雖然他丈夫依然沒有回應，她仍然繼續照顧他。她知道他還沒死的唯一方法是，每次她離開房間很長一段時間後，再進去時，她丈夫都在盒子裡的不同位置。但是，只要她在旁邊，牠從來都不肯動一動。

既然這樣，康太太就常常假裝走開，等到一出了房間，就躲到門外，從門縫裡偷看，小心地不讓她丈夫感覺她的存在。有時她會這樣持續好幾個小時，但她丈夫從不顯現出生命跡象。但是，她若真的離開房間，那怕只是幾分鐘，等她回來時，毛毛蟲已經爬到盒子的另一邊了。

最後，也不知道是累了，還是覺得那樣很無聊，康太太漸漸地不管她丈夫了。雖然有些不習慣，但從中得到的解脫感和自由，讓她有空暇想想自己。

有一天，她的一位老朋友邀她去住幾天，她起先拒絕了，心想，怎麼可以把丈夫丟在家裡那麼多天不管呢？但經過朋友不斷地勸說，終於接受了。在臨走之前，她做了萬全的安排，把盒子放到衣櫥上很高的架子上，以確保安全；又鋪了很多草，一方面保持舒適，一方面當食物，然後才出門去。這可是她多年來第一次離開丈夫身邊。

去到友人家作客期間，她完全忘了丈夫的事。而且，她在回家後，過了好幾天才想起衣櫥上的丈夫。於是火速衝去房間，焦急地把盒子拿下來看——毛毛蟲不見了！

牠被吃掉了嗎？還是離家出走了？正當她為自己沒有好好照顧毛毛蟲而懊惱時，前門突然開了。他站在那裡！她丈夫！真真實實，有血有肉。康太太不敢相信自己的眼睛。他衝到她面前，熱情地親吻及擁抱她，那種情形遠比他們早年戀愛時還急切。

「天啊！」他說：「妳去哪裡？我以為我失去妳了。」

木匠

南西·吉兒派屈克

艾琳敲下最後一根釘子後，舉起手臂，用捲起的袖子擦了擦前額的汗珠，向後退一步，仔細審視今天的成果：木頭的紋理很一致，沒有中斷；蓋子部位的接榫也做的很工整平滑。明天晚上，她會用粗砂紙開始做打磨的功夫，接著用普通砂紙，最後再用細砂紙打磨。她想到那台磨砂機，那是拉瑞去年耶誕節送她的，但是她實在不喜歡機器的東西，而且這裡的電力也不穩定，最主要的，用手工打磨時有一種美感。這種老式的木工是從她母親娜娜那裡學來的。說是傳統也好，反正已成習慣，要改已經來不及了。

艾琳清掃著地上的刨屑，並用破布把刨具邊緣的金屬部位擦乾淨，然後再一樣一樣地把大小銼刀分別掛到牆上。這些工具都是娜娜留給她的，如同她也把精製木工的手藝傳給艾琳一樣，那是一種母女間愛的聯結。

最後，艾琳拿起半吋的鑿刀，在磨石上磨利它的斜角。鑿刀的樺木手把，經過母女兩代的使用，姆指所握的部位已經凹陷了。這

左圖：菲利普·艾佛古，《古代的皇后》（Philip Evergood, Ancient Queen.）貪婪女人的形象常常是個醜老太婆，有權勢而且精明，就像這幅畫裡所表現的。

把鑿刀是娜娜的祖母在她青少女時送她的，連帶地還給她兩塊木頭，並且教她如何把一端切成凹榫，另一端切成凸榫。娜娜說，她花了將近一個禮拜的時間，才做好這個榫頭，拿去給祖母看。「沒想到她幾乎看都沒看，立刻又給了我兩塊木頭。」她就這樣一直練習做榫頭，做了十八個月。剛開始是一星期做一個，接著兩個，接著三個，直到一天一個。娜娜感到很沮喪，幾乎不想學了，但不知怎地，還是堅持到底。「結果我的鑿刀技巧『他媽的』非常熟練，」艾琳回想娜娜說的話，不禁好笑，「我的榫頭做得超棒。」

後來，娜娜也用同樣的方法教艾琳，所以艾琳能了解那種挫折感。現在她也能做出一手很棒的接榫，無論什麼用途都堅固無比。

艾琳再一次看了自己的木工，不太情願地抬頭，瞧向樓梯上方的廚房。

「今天晚餐吃什麼？」拉瑞在廚房餐檯上擦乾盤子。當艾琳經過時，他伸手攔腰一抱，手指摸上了她的乳房，朝她汗濕的脖子上吻著。但是悶熱讓艾琳一點情緒也沒有。

「紅燒肉，」她一把推開他，「還有奶油烤馬鈴薯，如果你願意幫我削皮的話，否則就吃炸薯條。」

「炸薯條就可以了。」拉瑞坐在桌旁，雙腳故意伸直，擋住艾琳的去路，逼著她得跨過它們，才能打開冰箱拿東西。這是男人的挑逗，但她卻沒心情。

她在冰箱裡搜索著，知道丈夫正色瞇瞇地瞄著自己。冰箱的燈壞了，白色的冰霧從冷凍庫裡飄出來，她突然幻想住在愛斯基摩人的雪屋裡，四處都是冰塊搭成，有些地方二十四小時都是冰冷的黑夜。這樣就不必在電扇下面揮汗如雨，也不用擔心會中暑，或被灼熱的太陽烤成脆片，可以平靜地過日子。

她跟往常一樣沒有食欲，自從住到這種懊熱的地方，六個月以來，她覺得自己好像一直在縮水，熱氣似乎使她逐漸枯萎。

　　拉瑞吃著晚餐時，她盯著窗外蒼白無光的月亮，彷彿一只死寂的汽球被框在悶熱的夜空裡。她根本就不想住到馬尼拉來，這裡的氣溫日夜都令人難以忍受。但拉瑞因為工作需要，必須到這裡做田野調查，所以他們不得不離開北美和所熟悉的一切，來到這個陌生的世界一角。

　　屋外，橡膠樹在幾乎靜止的空氣中僵立著，她懷疑在這種溽暑的氣候下，它們到底是怎麼活下來的？

　　第二天傍晚，火燙的太陽下山後，艾琳又到地下室去。在這個地方，擁有地下室算是很幸運的，因為大部分附近的房子都沒有。在那裡，磚造的牆和泥土的地面使室溫涼爽許多，比房子的其它地方舒服，所以艾琳喜歡待在這裡，如果不是為了拉瑞，她寧可日夜都躲在地下室。在那裡，她整個人才感覺正常些。

　　她為手上的木器已經打磨將近一個半小時，整個人沈浸在木頭的香氣中，然後用木屑混著白膠，填平一些溝孔，接著補色。

　　她跟娜娜一樣，不喜歡為素色的木頭上漆。但是釉油若調得好，反而能凸顯木頭的紋路，而不是被覆蓋掉。她很喜歡南洋的硬木，這是住到東南亞來少數的幾項好處之一。這類木塊的緊密木紋就像人體的肌腱那般流暢，質感則像皮膚那般細緻，她輕輕地撫摸光滑的木器表面，感到一股透心涼，彷彿在撫摸愛人似的。這塊鮮活的木頭是如此堅固，也惟有在此地令人懊惱的氣候下，才長得出來這樣的好木頭。

　　艾琳在上刺鼻的透明漆時，一滴汗從鼻尖上掉下去，滴在木器上，跟漆混在一起。她想著令人頭痛的氣溫，不知道會糟到什麼程度。上個月的情形簡直不堪回首，白天拉瑞在家時，她就待在床上，等到他人一出門，她就立刻摸到地下室去。晚上他睡覺時，她幾乎一整晚都醒著，因為晚上呼吸似乎會舒服些。因此，不是躲在地下室，就是躲拉瑞。這裡的一切都讓她感到疏離，難以習慣。

在愛情籠罩一切的地方，人們對權力不感興趣；而在權勢凌駕一切的地方，必定沒有愛。

——卡爾·古斯塔夫·榮格（Carl Gustav Jung）

　　當然，拉瑞注意到了。她感覺到他一直在研究她的一舉一動，就像他研究此地的昆蟲一般，先仔細觀察、等待，然後像掠食動物一樣，猛然撲在弱小者身上。但她一直設法躲著他，譬如不願意睡在熱死人的房間，寧可待在地下室呼吸清涼的空氣。對她來說，沒辦法，這是必要的犧牲。還好拉瑞的個性不會多問，而她也不愛多做解釋。

　　上禮拜的一天黎明前，他走到地下室一半的階梯上，當時她仍在切割木頭。他站在那裡等著，「妳不上床來睡嗎？」他終於發出半哀求的聲音。她沒回答，於是他乒乒乓乓地踏回房間，用力甩上房門。她知道他不喜歡陰暗的地下室，就如同她受不了上面刺目的日光一樣，兩人之間已經有了很嚴重的問題。

　　她環顧剛上完色的木器，明天晚上應該就會乾了，到時她得決定究竟上釉與否。化學漆料比較能保存長久，也能防潮，但她比較偏好自然的蟲膠漆料，她母親娜娜也是如此。娜娜曾經告訴她關於蟲膠來源——介殼蟲的故事。那是生長在東印度的一種蟲，也是拉瑞的研究對象之一。娜娜說，牠的母蟲會在榕樹的細枝上分泌一種脂狀物，替自己做成一個可以安全居住的地方，一直到死掉。「那是牠的家，就像龜殼是烏龜的家一樣。」拉瑞的書裡面記載的更詳細。上面說，這種膠蟲分泌物的作用很多重，一來防備其它的掠食性動物或昆蟲，以及環境上的危險；二來可以吸引潛在配種的公蟲；三來還可以捕捉食物。而自然塗膠就是這種脂狀物做成的。

　　艾琳想著，長在樹上的昆蟲分泌出一種自然物質，人們再把它塗在木頭上，最後木頭腐壞了變成泥土，再長出新的樹木。這種自然循環的過程也是娜娜告訴她的：也就是生成——死亡——再生。

　　天上那顆大火球幾乎烤焦了她的皮膚，光芒也快刺瞎了她的雙

右圖：安德魯·藍，《無題》（Andrew Lane, Untitled.）

眼。悶熱像千斤重似地壓在她身上，使她覺得百般倦怠、四肢笨拙。每當它一西沈，艾琳就迫不及待地拖著慵懶的肌肉和昏沈的腦袋，趕忙到地下室去。

她淺淺地吸著氣，由於氣溫的緣故，塗上每一筆的蟲膠顯得如此累人。不過，她仍然覺得自己的選擇是對的，因為上漆需要更專注的精神，在這裡根本是不可能的。在第一層膠還沒乾之前，艾琳又塗上第二層，以便使得膠料之間看不見塗痕，相互融合在一起，過了一個小時，幾乎全乾了。這時她頭頂的樓板吱吱作響。

拉瑞站在地下室階梯口，朝陰暗的地下室瞧著。他看見艾琳手上拿著刷子，順著廚房射入的光線，他瞥見艾琳白皙的皮膚，在這種熱帶地區顯得毫無抵禦的能力。不像他，粗枝大葉慣了。他知道，當地的濕熱使她非常難受。

他一直在擔心艾琳的適應問題。她每天晚上都獨自待在地下室裡，根本不正常！自從到馬尼拉後，兩人就很少親密，多久沒有做愛？也記不得了。

在她的坐位旁，放著一塊三角狀的木塊，他不禁疑惑，她究竟在搞什麼東西？廚房的光線照到艾琳的眼睛，她似乎既專注又盲目，手上揮著刷子，像舉著一只白色的投降小旗幟，細嫩的手骨在那裡舞動；敞開的襯衫衣領處，露出纖細的鎖骨。

她的肌膚泛著汗光，即使空氣中充滿蟲膠的氣味，他仍然聞得出她特有的體香。

「一起來睡吧！」他輕聲哄著。

艾琳放下刷子，緩緩地站起來，朝樓梯走去，突然停下來，眨了眨眼睛盯著拉瑞，「你下來。」

拉瑞從小就非常討厭陰暗的地下室，那裡總是瀰漫著潮濕的空氣，腐敗的土味使他的胃部作噁，連帶想起墓地。事實上地下室本來就是一種墳墓。

艾琳的嘴角揚起微笑，靠在樓梯的邊緣，解開身上襯衫的釦子。由於被地下室的黑影遮到，拉瑞一時看不見她的人影。

「艾琳？」拉瑞喊道。

他摸著扶手走下階梯，「親愛的，上去吧！」

當拉瑞走下來，木板吱嘎響著，艾琳烏黑的短髮在微弱的光線中閃耀著；敞開的襯衫裡，渾圓而光滑的胸部和喘息的身軀，使他頓時迷濛了。那股體香混合著蟲膠的氣味，像春藥般的麝香，讓他的血液快速竄流。

「把門關上。」她細聲說道。

拉瑞照她的話做，摸黑走下樓梯，循著她的氣味走去。在黑暗中，女人的汗濕在他的撫摸下，變成一種濕滑的美感，而不再是只因為悶熱的緣故。

艾琳把拉瑞拉過來，壓著她，工作桌上的木頭碰撞作響。她將整件襯衫脫掉，他則忙著褪下褲子，進一步爬在她身上。是性欲在顫抖，或是地下室的陰涼使她興奮，她已經分不清，只能清晰感受他散發的雄性侵略性。

在動作中，拉瑞的肩膀碰到掛在牆上的鑿子，觸痛感使他叫了一聲，但艾琳黏稠的汗液使兩人緊貼在一起，他們的結合就像她的手藝一樣，完美無間。

現在，跟著木塊、鑿子和拉瑞一同處在地下室裡，她覺得自己終於適應了。往後將能正常地夫妻交媾、正常地用餐，並繼續她下一件木工作品。

上圖：為1956年，美國著名女星瑪莉蓮夢露在攝影機旁補妝。她的悲劇性傳奇一生，如同本文所敘述——藝術的力量正足以毀掉它所描繪的對象。「愛」使得給予的一方陷入一種無法自拔的困境。

少婦與畫家

艾得格·艾倫·坡

她是一個擁有絕世美貌的閨女，全身散發著輕盈與喜悅；但是當她遇見那名畫家，愛上他、嫁給他之後，噩運就降臨了。他很熱情，好學而嚴謹，其實早已娶了藝術做新娘；而她卻天真快樂的像隻小鹿，珍愛一切事物，惟一只恨她的情敵——藝術。她痛恨那些調色盤和畫筆，搶走了愛人的心。因此，當這名畫家表示想為她作畫時，女孩感到可怕又矛盾。但是她不敢違背，只得溫順地坐在陰暗的塔樓裡，連續好幾個禮拜，做她愛人的模特兒。在那裡，光線從頭頂上射在蒼白的畫布上。畫家興奮地揮筆，夜以繼日，辛勤不懈。他狂熱、易感、情緒起伏不定，一味沈迷在藝術裡，沒有注意到他的新娘日益憔悴。但是這名少婦仍然保持微笑，毫無怨言，因為她看得出這位名氣響亮的畫家，從中得到無比的樂趣，然而她的無精打彩日甚一日，身體越來越虛弱。由於畫家表現的是那麼出色，妻子的形容傳神地重現在畫布上，使賞畫者讚嘆不已。但越接近完成時，畫家不再允許人們上塔樓參觀，因為他狂熱到無法忍受旁人的干擾，而且眼神幾乎時刻沒有移開畫布，甚至很少去瞧妻子一眼，因而沒有見到畫布上的少婦紅潤依然，但坐在他眼前的真實妻子卻失了顏色。許多星期過去了，畫作到了最後的修潤功夫，只剩唇部的色澤與眼睛的神韻。終於，畫家順利地添上最後幾筆。他得意地審視著自己的傑作，當他盯的出神，轉而將眼光移向畫布旁的少婦時，整張臉煞時慘白不已，嘴唇顫抖著，手中的畫筆掉落地上，不敢相信自己所見——她已經死了！

戀 人 之 歌

瑪莉·奧斯汀（Mary Austin）

不要靠近我的歌聲，
倘若你不是我的愛人，
為了避免落空，
只管讓我的心，
跳躍到你身上！

當我的歌聲嘹亮，
如樹叢裡　杏花怒放，
我的心就甘願地，
躺入花叢，
浸在戀曲的天地；
不要靠近我的歌聲，
倘若你不是我的愛人！

不要聽我的歌聲，
倘若你不是我的愛人！
因為我的心　甜的過火，
被我的愛所浸漬，
若你不是我的愛人，
不要聞那香氣，
不要彎腰欣賞我的心，
不要察覺它對你的情，
以免這份情愫落空，
愛的歌聲無人聆聽。
只管讓我的心，
跳躍到你身上！

右圖：喬治　歐基費　《紅色山巒與花朵》（Georgia O'Keeffe, Red Hills with Flowers.）

布雷伯先生擺脱了他太太

詹姆士・特伯

布雷伯先生是一個肥胖的中年律師，在聽打文件時，常常會對他的速記員開玩笑說：「我們私奔吧！」她的速記員會說：「好啊！」

一個下著雨的周一下午，布雷伯先生的口氣比平常還要認眞。「我們眞的私奔吧！」他說。

「好啊！」她依然那麼回答。布雷伯先生玩弄著口袋裡的鎖匙，發出叮噹聲，眼睛看向窗外。

「我走了，我太太會很高興的，」他說。

「她會願意離婚嗎？」速記員問。

「我不覺得，」他說。

速記員不禁發笑，「那你得先擺脱她才行。」

當天在晚餐時，布雷伯先生異常地沈默。喝完咖啡後半小時，他低頭看著文件，開口道：「我們到地窖去，」

「幹什麼？」布雷伯太太的視線沒有離開手上的書。

「沒什麼啊……很久沒下去了，以前我們常去的。」

「我們從來就很少下去，」她說：「即使這一輩子永遠都不下去，我也可以過的很好。」

布雷伯先生有好幾分鐘都沒吭聲。

「我這樣說當然有我的道理。」

「你要幹什麼呢？」他太太問：「那裡很陰冷，而且也沒什麼

左圖：莎拉&湯尼・布雷茲，《結婚龕》（Sarah & Tony Pletts, Wedding Shrine.）作者蒐集兩人單獨或在一起的各式照片，將它們擺飾起來，作為結婚紀念的慶祝。

東西。」

「我們可以撿一些煤炭，」布雷伯先生說：「或許還可以找些樂子。」

「我不想，」她太太說：「我在看書。」

布雷伯先生站起身，開始來回踱步，「到地窖去也可以看。」

「那裡的光線不足，」她回答：「反正，我不下去就對了，要去你自己去。」

「媽的！」布雷伯先生踢了一下地毯邊緣翹起的地方，「別人的太太都願意去，為什麼妳不願意？我辛苦工作一整天回家來，妳連陪我到地窖都不願意，又不是要妳去大老遠的地方！」

「我就是不想去！」布雷伯太太吼道。

他在長椅的一端坐下。

「好──好──」他重新拾起報紙。「我會讓妳意想不到的！」

「你可不可以不要再小題大作了？」布雷伯太太瞪著他。

「告訴妳實話好了──」他從椅子上跳起來，「我要把你休了，另娶我的速記員，這樣夠明白了吧！每天都有人拋棄老婆，今天輪到我了！」

「我不想跟你吵。」她說。

「妳以為我真的要到地窖去撿煤炭嗎？」

「我根本就不相信你，我早就知道你要把我騙下去，然後埋了我。」

「妳明白就好！」

「你肚子裡在想什麼我早就知道。」

「妳從來就不知道我在想什麼。」他說。

「是嗎？今天晚上從你一進屋子，我就知道你想埋了我。」布雷伯太太的眼神動也不動地盯著她先生。

「根本就是胡思亂想，」他被攪得很惱火，「我是被妳激怒才

那樣想的。」

「你早就想那麼做了，」她說：「而且是因爲那個女的。」

「她跟這個沒關係，」布雷伯先生尖刻地說：「我本來要跟她說，妳去拜訪朋友，不小心掉到斷崖跌死，她說那個主意不妙，她要我跟妳離婚。」

「別妄想了，」布雷伯太太不甘示弱，「你可以埋了我，但別想要離婚。」

「我就知道妳這個女人！」

「你告訴她，你想埋了我，對不？」

「妳別牽累別人，這是妳跟我之間的事，我從來沒有對任何人說過。」

「你早就跟全世界的人說了，除了我，」布雷伯太太用冰冷的眼神看著她的先生。「我很了解你。」

「我很希望現在就埋了妳，結束這一切。」布雷伯先生瞇著一雙憤恨的眼，吐出他的煙。

「你埋了我，可以逃得了法律嗎？律師？你上床去睡覺！別在那裡發神經了。」她說。

「我不會去睡的，」布雷伯先生繼續說：「我要把妳埋到地窖裡，我已經決定了。」

「好！」布雷伯太太把手上的書丟到一旁，「如果我跟你到地窖去，你可不可以閉嘴不要再鬧了？你可不可以讓我安靜，不要再煩我了？」

「可以，」布雷伯先生說：「是妳那種態度讓我反感的。」

「對，我是掃把星，我一本書永遠也看不完，你不斷地吵我，我還不能生氣。」

「我有叫妳看書嗎？」布雷伯先生打開地窖的門，「妳先下去。」

　　「天啊！」布雷伯太太無可奈何地朝地窖階梯走下去，「這裡面這麼冷，要埋我也該等到夏天！」

　　「人怎麼知道什麼時候會談戀愛？」他揶揄道：「我到今年秋天才愛上速記員的。」

　　「只有你才這麼遲鈍。你為何總是比不上其它男人？天啊！這裡面好髒……你手上拿什麼？」

　　「我本來要用這隻鏟子敲碎妳的腦袋的。」布雷伯先生說。

　　「別想了，」她說：「那不等於留下證據嗎？到街上去找一塊石頭，或任何不屬於你的東西。」

　　「哦——是嗎？」

　　「別去太久，我可不願在這冷死人的地窖待太久。還有，別溜去煙草店。」

　　「我會很快回來的。」布雷伯先生應道。

　　「把門關上！」她在他背後喊道，「你沒看見天氣很冷嗎？」

右圖：賈可‧勞倫斯，《婚禮》（Jacob Lawrence, The Wedding.）

左圖：莎拉・布雷茲，《纏繞的人》
（Sarah Pletts, Entwined Figures.） 夫
妻的生活常常糾結在一起，兩人已
無獨立的空間。

襪子

萊迪亞·大衛斯

我前夫跟另一個女人結婚了。那個女人比我還矮，大約只有五呎高，頗豐滿結實的。當然他看起來比以前高，頭也比較小。跟她站在一起，我顯得瘦而笨拙。她矮到我沒把她放在眼裡。當我前夫準備再婚時，我想像著他適合那一類的女人，但他所交往的女人中，沒有一個我覺得適合的，這一個更是不搭配。

去年夏天，他們過來看我的兒子，待了幾個星期才走。這男孩是我跟前夫生的。當然，幾個人相處起來不免覺得尷尬，但也有愉快的時光，即使如此，仍會覺得怪怪的。他們兩個似乎期望我好好款待他們似的，或許因為她生病了，黑眼圈掛在那兒，整個人悶悶不樂。他們用我的電話聯絡東、聯絡西，住在我這兒跟住在他們家

上圖：菲利·古斯頓，〈床上的夫妻〉（Philip Guston, Couple in Bed.）

面對愛，我們毫無抵抗的能力，它會帶來最大的痛苦；一旦失去愛，那種絕望感也無可比擬。

—西格蒙‧佛洛依德（Sigmund Freud）

似的，隨意使用我的傢俱物品。常常兩個人從海灘漫步回到我的屋子，然後淋浴，接著乾乾淨淨，手牽手，帶著我兒子出門。我辦舞會，他們也來，兩個人在那裡親密地跳舞，我朋友看了覺得很奇怪，他卻無所謂地玩到最後一刻。為了兒子，我一直都忍下來，想像應該和睦相處才對，但到最後，我真的很煩。

在他們走的前一晚，我們預定到一家越南餐館吃飯，因為他媽媽從另一個城市來。第二天，他們就一起離開前往中西部，她的父母為他們舉辦一場盛大的婚禮，邀請了所有的親友去看他們這位新女婿。

我去他們住的城市赴約時，把他們留下的東西一起帶去：包括一本書，和他的一隻襪子。當我開車靠近他們所住的公寓時，我前夫站在路邊向我招手。因為在我進去之前，他想跟我說一些話。他說他媽媽身體不好，沒辦法跟他們住在一起，所以婚禮後我可不可以帶她一起回去。我毫不思索就答應了。我忘了當我在打掃自己的屋子時，她在那裡監督的模樣。

在大樓的廊廳裡，他的新女友和他媽媽面對面坐著，兩個矮小的女人都長得很不錯，但外形不同，弱點也不同。在出去吃晚餐前，前夫把我帶去的書拿到樓上去，卻把襪子塞在後面褲袋忘了，吃飯時就一直帶在身上。在餐廳時，他媽媽穿著黑色衣服坐在桌子尾端，有時跟我兒子玩，有時就問問我們，談論她盤子裡的某某香料之類的話。離開餐廳到停車場時，他從口袋裡拿出襪子，疑惑它怎會出現在那裡。

這是一件小事，但我卻忘不了那只襪子，忘不了他把襪子塞在後口袋的樣子，因為我總覺得自己跟他情緣未了。我們在一起的時間太久了，我不斷地想起以往曾為他撿過的無數襪子；以及套上那些襪子的大腳，夜晚躺在床上看書時，跨著腳踝的模樣；有時他感覺熱了，就把襪子褪成一只圓球狀，讓它們掉在地上，想到時，再

把它們撿起來穿上……

　　所有這一切，我都無法忘懷，即使他們在離開我家後，留下一些未帶走的東西，尤其是他的新歡所使用的，譬如那紅色梳子、唇膏、避孕丸……仍未能使我斬斷對他的情絲。

給孤枕而眠的女人

艾米‧烏馬祖（Amy Uyematsu）

母親不了解沒有男人的世界。
她說，我浪費太多時間。
她忘了，我常常自得其樂。

我沒告訴她，孤枕而眠的滋味。
淒涼涼地，獨自擦拭橄欖油。
看著自己的身體，
美妙不再，不再……
那些被我拒絕的男人，
不會再回頭。

近來，我的體香，
瀰漫房間每個角落，
香的令人窒息。但我懷疑，
還有男人感興趣。
那不再順暢的血液，
連大腿也逐漸衰疲。

我的肉軀，正在死去——
當下過雨，
我要讓樹的氣味混著風
吹進屋裡。

窗沿外那隻小灰鳥，
銜著松針，努力築巢。
到傍晚，總被風兒吹散
但牠總不屈不撓，
第二天又銜著枝，
一定要把巢築好。

我不是那種多情的女人，
沒有男人，
活不下去——
像我媽媽那麼地，
以男人為依。

左圖：喬治‧歐基費，《白色貝殼》(Georgia O'Keeffe, White Shell with Red.)

男 孩

喬艾思・卡洛・奧特茲

那個男孩叫基特，一整學期都在向我示愛，下課後在附近徘徊盯著我，使我困擾不已。他總會叫我：「嘿！老師，妳是個蜜桃。」然後咯咯地笑，眨著褐色的大眼睛說他已經十七歲了。有一天，我只好開車載著他，一起到郊外的廉價汽車旅館，那種假木頭搭成的所謂木屋，上面印著木紋的簡陋旅店。我順便買了半打啤酒帶去。木屋充滿潮濕的霉味，床褥發臭，顯然很久都沒有更換。為了讓前戲熱絡，我開始稱讚他，彼此打情罵俏，說些無意義的廢話。他說：「嘿，我們來跳舞。」我們相擁，很快地跌到床上去，調戲打諢。我拉開他的褲檔，但是他那話兒很軟，緊張地喘著氣。他在害怕？怕什麼？我？為什麼？我咬他的耳朵，逗他發笑，說：「好了，小子，表現的機會來了，你媽媽就在這兒等你！」我撫摸著他，性欲高漲。走廊外，有人的收音機開很大聲；有人用力關門，我全不在意，身體發熱地彷彿十五年沒做愛了。該死！我要他硬起來，像個男人，脹大塞入我的體內，接著我要告訴他，他有多棒，多麼厲害……那種爽就如同有朝一日，我希望不必開三十哩的路去當這種兼差教員，嚇唬害羞的小孩們。但是，他卻硬不起來，像隻膽怯的小兔子般。他整個人蜷起來，彷彿我傷害了他，或是害怕我這個女老師即將「上」他。最後，他囁嚅地說：「可能因為——我不是真的喜歡妳——我想回家，」媽的！那些話我不想聽，我想啤酒大概不涼了。我閉上眼，馬路和天空的景象交雜旋轉，一顆心掉到谷底。小子，那咱們跳舞好了，我又逗他。他好像在哭，鼻腔漱漱地發出聲音！我躺在那裡發呆。好吧！小子，就這樣吧！算了。

左圖：莎拉‧布雷茲，《史蒂芬在淋浴》（Sarah Pletts, Stephen at the basin.）

"The Light of His Life"

雪 茄

羅伯・法格漢

我必須先讓讀者知道，這篇文章的主角是雪茄；儘管我知道它的壞處，但有時會抽上幾口。就像人們有時也會做不該做的事一樣。現在我故事裡的那隻雪茄，我只抽過一口，卻永生難忘。

　　有一次在舊金山的晴朗秋晨，我從聯合廣場搭乘纜車，到哥倫比亞街底，打算穿越長島的舊義大利區走回去。當時心情很好，經過一整個禮拜的辛苦工作，終於可以輕鬆幾天。我走進「登喜路」名店，買了一包最好的雪茄煙，準備一面散步，一面享受它。

左圖：廣告常以浪漫和性感來塑造抽煙的形象。

　　如果你喜歡雪茄，這是「馬加努多」等級，跟姆指一般粗，六吋半長，稱得上是相當高檔貨；如果你不喜歡煙，你一定會說：「天啊！你不會要在這裡抽完它吧？」

　　走了幾段路之後，抽雪茄的時間到了。我小心翼翼地拆掉玻璃紙，捏一捏，看看它的新鮮度，再拿到鼻子下聞一聞，看有沒有潮掉。沒問題。於是我靠在一棵樹旁，用便利刀把一端切掉，然後點燃它。才吐一口，它的醇味就使我心服口服：「這才叫雪茄！」

　　我走到一家咖啡屋前，想點一杯Espresso進一步助興，讓這個早晨更加美好。我小心地把雪茄擱在店前的窗檯邊，然後走進店裡去點餐。站在櫃檯等待的時候，我瞥向窗外想看我的雪茄──不見了！我的雪茄不見了。

　　我不管咖啡了，衝出門外，停住腳，看見窗子另一邊，一個老頭正以內行的手勢在鑑賞我的雪茄：把它放在鼻下，閉起眼睛正在品味。他微笑一下，捏一捏，再次微笑，然後四處望一望，抽了一口，再度揚起笑容，帶著對那隻雪茄無比珍愛，接著就往街上走去了，手裡夾著我的雪茄！我跟蹤他，心裡還不知道該怎麼做，只想要回那隻雪茄。

　　那老頭有著灰白頭髮，大撇鬍鬚和粗眉毛，戴著一頂碼頭工人帽，白色長袖襯衫，吊帶褲，深褐色褲子與鞋子。他的身材實在不高，胖胖的，臉上滿佈皺紋，走路有點跛。他在早晨的街上漫步著，不曉得後面有人在跟蹤他。

　　我猜想，他可能是第一代義大利移民。就像他去找的那些朋友一樣，他告訴他們，命運之神今天早晨送他一隻上等雪茄。就這樣，我跟著他在舊義大利區繞了一圈。經過麵團店、水果攤、五金行、烘焙屋，還遇見教區神父。每到一個地方，他都向人大力讚揚那隻雪茄多棒又多棒，自己又是多麼幸運，並且還請每個人抽一口。賣水果的也捏一捏它，認同它確實是好貨；烤麵包的抽了兩

口，直說：「讚！讚！」神父則是敬謝不敏，虛偽地向它做了個祝福的手勢。

老頭朝吉拉德尼廣場北方走去，當他到達後，一見到朋友又開始進行雪茄的同樂會。最後終於只剩一截煙蒂時，老頭盯著它，露出千萬不捨的神情。如果是我，通常就丟在地上，用腳踩了踩。但他沒這麼做。非但沒有，反之，他煞有介事地走向一處花圃，在玫瑰叢下挖一個小洞，把煙蒂塞進去，再用土埋起來，然後用手把雪茄的小墳墓撫平。接著摘下帽子，恭敬地立正一下，才又帶著微笑轉身離去。

雖然煙被那老頭抽了，我只抽那麼一百零一口，但這個記憶是如此美好，也是我抽過最香的煙。

左圖：戀愛中的情侶常流露如
兒童般天真的舉動，如圖中兩
人愉快地喝著交杯果汁。

與 媽 媽 約 會

艾思・法西爾

在今日這種快速變動、虛幻、無根的社會裡，人們的相遇、做愛、分手常常過得麻木、無知無覺，使得男人在這方面，與母親的關係變得異常珍貴。媽媽，充滿愛心又成熟，不需要在酒吧間邂逅，不需要花時間去互相了解。男人有無數次的機會與媽媽自然相處，只要花一點點心思，就可以享受那點點滴滴的愛。譬如媽媽開車，母子一同到街上買衣服。這時，車裡可以扭開她愛聽的收音機。到了中途，把車開進休息站，在座位上對她說：「媽，妳的身材保持得真好。」

或者，當她把一堆襪子送進你的房間時，拾起她的手，把她拉近，說：「媽，妳是我遇過最迷人的女性。」或許她會叫你不要說傻話，但是她私底下絕不會去告訴你爸爸，而是私下暗喜。

跟母親約會，乍聽之下有些荒唐，也似乎很困難，其實只要去試試，人們會發現那再簡單不過了。當然，你必須先有這個意願，而且非常渴望。在這方面，許多人會對他們的父親有愧疚感，因而裹足不前。他們想：哦，這老頭把我養大，教我捉魚，我不能讓他的晚年孤單寂寞。然而，有兩個原因，使他們大可不必這麼想。第一，其實大部分的女人都希望兒子是自己的丈夫；只消去問任何一個有兒子的女人，她們都不會否認。再者，女人懷胎九月，血肉相連，為何不能愛自己所創造的男人？當女人們開始表達，她需要擁有一個完全屬於她的東西時，將會有更多人坦承這項偏好。

　　第二：關於對父親的愧疚感來說，要記住！你有你的媽媽，他也有他的！你去找你的，他去找他的，兩者不應混在一起。如果他媽媽太老或死了，那不是你的錯，不是嗎？他那一代錯失機會是他們的遺憾。

　　一旦你老爸的問題解決，他走了、搬去俄羅斯、或去參加單身俱樂部，你就會跟我一樣，開始享受跟母親獨處的幸福。有一陣子，我和我媽過著平靜、滿足的日子，彼此都非常愉快。有時我會要求媽媽減肥，吃營養食品。但後來又想，何必要求她這些？她不只是我的女人，也是我最好的朋友，我應該接受原本的她。

感 謝 詞

　　首先，我們要感謝傑洛米‧塔契的眼光，策劃這套文集，並給予堅定的支持，使本書得以完成出版。同時，我們也要對羅伯‧布萊、珍‧休斯頓、羅伯‧強森、及安德魯‧維爾對本系列做出重要的貢獻，表示最大的謝意。並對《舊金山協會圖書館日報》編輯約翰‧畢伯及亞蘭‧欽南、康妮‧茲威格，以及榮格學派、跨個人研究等醫學社團的眾多人士，對本套書在資料方面的擇選，提供專業的識見與建議，表達最深的敬意。也由於多位人士的才能，這一系列文集與藝作結合的精美套書才得以問世。馬克‧羅伯‧瓦德曼的文章與編輯技巧，展現在謹慎集輯本文的成果上。茱莉‧佛克斯在藝術研究上的才華，為本書精選所有的圖像，令人敬佩不已。瑪莉恩‧柯寇特以其編輯技巧，使文字呈現順暢與協調。塔契／普南出版社的莎拉‧卡德在整個製作過程中，不斷給予鼓勵與指導。「塔契／普南」發行人喬艾‧芳提諾斯給予熱情與讚賞。克斯頓‧加尼歐使本文與圖片呈現最優美的編排。我們對以上各位表達無限的感激！

　　　　　　　　　　—菲利浦&曼紐拉‧鄧恩，圖書研究室公司

編者介紹

　　馬克‧羅伯特‧威德曼（Mark Robert Waldman）是治療學家，書寫並編輯過許多書籍，包括《寫作的精神》（The Spirit of Writing）、《愛的遊戲》（Love Games）、《夢逃離》（Dreamscaping）、《同居的藝術》（The Art of Staying Together）。他是《超個人心理學評論》（Transpersonal Review）的創刊編輯，本刊內容包括超個人與榮格心理學、宗教研究和心／身醫學。

總策畫介紹

　　菲利普‧唐恩（Philip Dunn）與馬奴拉‧唐恩‧馬塞堤（Manuela Dunn Mascetti）製作過許多暢銷書，包括《魯米繪本》（Illustrated Rumi）、Huston Smith的《世界宗教繪本》（Illustrated World's Religions）、Stephen Hawking的《時間簡史繪本》（The Illustrated A Brief History of Time）以及《宇宙一覽》（The Universe in a Nutshell）、Thomas Moore的《心靈的照顧繪本》（The Illustrated Care of the Soul）。他們兩人也是《魯米繪本》，《佛陀盒子》（The Buddha Box）及其它許多書的作者。

序言作者介紹

　　羅伯‧強森是著名的榮格學派分析家，著作包括《快樂心理學》、《內在活動》，還有探討男人、女人及愛情心理的《他、她和我們》。

感謝本文作者

感謝書中選錄文集的版權所有人，包括出版社和個人。若有任何疏漏均非蓄意，在未來再版時，我們將樂予改正。

〈雪茄〉，選自羅伯·法格漢所著《哦荷》，1991年羅伯·法格漢版權所有。蒙藍燈屋公司分部維拉書局允許選錄。

〈約會〉，最初刊登於《太陽報》，1999年及2001年布蘭達·米勒版權所有，蒙作者允許選錄。

〈與媽媽約會〉，1997年《紐約客》刊登。蒙懷利代理公司允許選錄。

〈男孩〉，喬艾思·卡洛·奧特茲，1988年安大略評論出版社版權所有。蒙約翰霍金斯&公司允許刊登。

〈七月四日〉，2001年喬·巴雷版權所有。蒙作者允許刊登。

〈法蘭姬和強尼〉，美國民謠，馬克·羅伯·瓦德曼編輯，2001年馬克·羅伯·瓦德曼版權所有。蒙作者允許刊登。
〈穿洋裝的女孩們〉，1978年艾爾溫·蕭版權所有。保留所有權利。

〈純真〉，1998年戴伯拉·巴克斯版權所有。蒙作者允許刊登。

〈吻〉，首次刊登於班頓出版社1961年《75篇佳作選》，1961年威廉·參孫版權所有。1989年尼可拉·參孫版權更新。蒙羅素&瓦肯寧代理作者允許刊登。

〈變形〉，摘錄自艾德溫·佛萊迪曼所著《佛萊德曼寓言集》。1990年吉爾佛出版社版權所有。蒙發行人允許刊登。

〈布雷伯先生擺脫他太太〉，摘錄自《擺盪的中年男人》。1935年詹

感謝圖像提供人

P 015　安德魯・藍

P 021　蓋提影像／豪頓檔案

P 026　艾恩歐布萊特，美國人1897-1983，《純潔萬歲》，1977年
　　　　石版畫44.3×32.4cm，厄爾魯金比奎特1981.1161，圖片
　　　　複製，芝加哥藝術協會版權所有。保留所有權利。

P 027　朱莉・福克絲

P 031　莎拉・布雷茲，《愛神擁抱我》，1986年，墨水，炭筆，紙

P 032　艾恩歐布萊特，美國人1897-1983，《裸女》，1931年，油
　　　　彩畫布，35.6×18.1cm，瑪莉與厄爾魯金收藏遺贈，
　　　　1981.256，圖片複製，芝加哥藝術協會版權所有。保留所
　　　　有權利。

P 034　安德魯・藍

P 035　理查・馬力斯・羅文，美國人，1929年出生，《無題》，亮
　　　　漆與紅銅，木頭。菲德瑞克・李文斯頓；小佛蘭克・李文
　　　　斯頓與莎莉捐贈，1991.597，圖片複製，芝加哥藝術協會
　　　　版權所有。保留所有權利。

P 038　巴瑞・彼得森，《H-F姿勢＃10》，炭筆敷塗，牛皮紙，18"
　　　　×24"

P 041　瑪麗・艾文斯圖片資料庫

P 044　蓋提影像／豪頓檔案

P 046　瑪麗・艾文斯圖片資料庫

P 053　廣告檔案協助

P 054　蓋提影像／豪頓檔案

P 055　瑪麗・艾文斯圖片資料庫

P 059　蓋提影像／豪頓檔案

P 059　廣告檔案協助

P 060　安德魯・藍，《觀賞者眼中的美》

P 064　安德魯・藍

P 066　路易・巴洛，《搖滾樂迷》，1939年，木刻；1989,11，亞蒙・卡特美術館，佛渥斯，德州

P 069　蓋提影像／豪頓檔案

P 074　瑪麗・艾文斯圖片資料庫

P 076　安格尼斯・佩頓，《無題》，1931年，油彩畫布，361/8×241/8吋，惠特尼美國藝術美術館，紐約。購進，現代繪畫與雕刻委員會資金贊助，96.175

P 081　亞佛烈・史提格里茲，美國人，1864-1946，《桃樂絲・杜魯》，1919年，氯化物印刷，24×19.2cm。亞佛烈・史提格里茲收藏，1949.720，圖片複製，芝加哥藝術協會版權所有。保留所有權利。

P 082　廣告檔案協助

P 085　朱莉・福克絲

P 089　瑪麗・艾文斯圖片資料庫

P 091　湯瑪士・哈特・班頓，《法蘭姬與強尼》，雷諾達室，美國藝術美術館，溫士頓—沙蘭，北卡羅萊納州；班頓家族遺囑信託／登記權利，VAGA授權，紐約州，紐約

P 092　安德魯・藍

P 096　凱瑟恩・柴斯，《想望》

P 101　朱莉・福克絲

P 103　朱莉・福克絲

P 106　菲力・艾佛古，《古代的皇后》，雷諾達室，美國藝術美術館，溫士頓—沙蘭，北卡羅萊納州

P 111　安德魯・藍

P 114 　蓋提影像／豪頓檔案

P 117 　喬治・歐基費，美國人，1887-1986，《紅色山巒與花朵》
　　　　，1937年，油彩畫布，50.8×63.5cm，豪坦斯・享利・布
　　　　洛瑟遺贈，1992.649，圖片複製，芝加哥藝術協會版權所
　　　　有。保留所有權利。

P 118 　莎拉&湯尼・布雷茲，《結婚龕》，1999年，混合媒材

P 123 　賈可・勞倫斯，美國人，1917-2000，《婚禮》，1948年，
　　　　蛋黃塗料，紙板，50.8×61cm。瑪麗・海茵斯紀念其母親
　　　　法蘭絲・匹克而捐贈，1993.258，圖片複製，芝加哥藝術
　　　　協會版權所有。保留所有權利。

P 124 　莎拉・布雷茲，《纏繞的人》，1985年，膠彩，紙

P 125 　菲利・古斯頓，美國人，1913-1980，《床上的夫妻》，
　　　　1977年，油彩畫布，205.7×240cm。法蘭絲・匹克要求遺
　　　　贈，何洛德・海茵斯太太捐贈，1989.435，圖片複製，芝
　　　　加哥藝術協會版權所有。保留所有權利。藝術家遺產代理
　　　　協助

P 128 　喬治・歐基費，美國人，1887-1986，《白色貝殼與紅色》，
　　　　1938年，粉蠟，木頭紙漿板，54.6×69.8cm，亞佛烈・史
　　　　提格里茲收藏品，喬治・歐基費遺贈，1987.250.5，圖片
　　　　複製，芝加哥藝術協會版權所有。保留所有權利。

P 131 　莎拉・布雷茲，《浴盆中的史蒂芬》，1984年，壓克力顏
　　　　料，紙板，24"×48"

P 132 　文・馬格檔案

P 136 　廣告檔案協助

國家圖書館出版品預行編目資料

愛人—擁抱我們多情的心 / 劉鐵虎中文主編
—初版.—臺北縣永和市：地球書房文化事業股份有限公司
2004民93 154面；19×21公分.
ISBN 957294013-9（平裝）
1.心理類 2.小說類 3.散文類

心靈部落

愛人—擁抱我們多情的心

彙　　編 /	Mark　Robert　Waldman
發 行 人 /	羅智成
主　　編 /	劉鐵虎
譯　　者 /	劉鐵虎　楊麗貞　馬俊國
責任編輯 /	林碧慧
美術編輯 /	葉斯淳
封面設計 /	林世鵬
校　　對 /	莊月君
法律顧問 /	永然聯合法律事務所
出 版 者 /	地球書房文化事業股份有限公司
地　　址 /	234　台北縣永和市保生路2號8樓
電　　話 /	(02)2232-1008（代表號）
傳　　眞 /	(02)2232-1010
E－m a i l /	books@ljm.org.tw
印　　刷 /	豐華印刷整合有限公司
電　　話 /	(02)2246-2192
總 經 銷 /	農學股份有限公司
電　　話 /	(02)2917-8022

初版一刷 / 2004年1月
定　　價 / 299元